张维君 编著

世界上最好的地方

中国华侨出版社
北京

目录

易中天 · 建筑与家园（代序）	-	1
贾平凹 · 纺车声声	-	5
贾平凹 · 我不是个好儿子	-	27
庆　山 · 他　她	-	38
蔡崇达 · 母亲的房子	-	70
安意如 · 桃花　青团	-	97
张皓宸 · 怕失去小姐的故事	-	109
陆庆屹 · 我爸，我妈	-	118
邓安庆 · 慢慢告别	-	130
路　明 · 曹安路	-	140
沈书枝 · 安家记	-	157
朱威廉 · 离别依依	-	174
姬　霄 · 我的爸爸	-	183

熊德启	·	中锋在黎明前	-	194
午　歌	·	火车带我去思念	-	221
花大钱	·	远行的人,你是否也回到了家	-	232
姚　瑶	·	回家的意义	-	243
陈齐云	·	新房	-	251
崔锦路	·	家的欢喜,心之所依	-	265
喻李齐	·	向着明亮的那方	-	271

建筑与家园
（代序）

易中天

如果你也曾离乡背井，如果你也曾外出谋生，如果你也曾只身一人独自乘坐夜行的列车，在无边无际的黑暗中穿行，却突然发现远处的天边有一片灯火，你便会被深深地触动，或许还会流下泪来。

有灯火的地方必有建筑。

有建筑的地方必有人家。

万家灯火，灯火万家，简简单单四个字，凝聚着人类丰富的情感，浓缩了人类漫长的历史。

人类原本没有建筑，当然也没有灯火。因此每当夜幕降临，初萌的人类便只能蜷缩在洞穴里面，像夜行人一样被无边的黑暗包围，不知那漫漫长夜何时才是尽头。

伴随着黑暗的是恐惧。

黑暗首先意味着死亡，同时意味着神秘，以及无形的力量。任何强大有力的东西一旦走进黑暗，就立即被消解和融化，失去轮廓，无影无踪，就像盐溶入水。这就不能不让人怀疑，走进黑暗的人，还能再回来吗？

这可没有谱。

同样恐怖的，还有遥远。

遥远跟黑暗一样，也是不可测量的。有谁能说出遥远有多远呢？一个人，无论他走多远多久，哪怕走到最远的地方，遥远依然是遥远。遥远甚至比黑暗还要恐怖。黑暗虽然天天降临，却也天天离去，遥远却永远是遥远。

能够对付遥远的，只有亲近。

可以战胜黑暗的，只有光明。

建筑与家园，便被发明出来。

家园意味着亲近，里面住的是自己人。他们或者与你肌肤相亲，或者与你血肉相连，或者与你朝夕相处，总之是最不遥远，也最可依托。所以，人们遇到危险，冒出的第一个念头往往就是：逃回家去！

小孩子这样，成年人也如此。

家园是避风港。

家园是大本营。

家园也是责任田。

实际上，自从有了家园，人类就变成了一个有责任心的物种。他不能再像猿猴那样自由散漫，无所用心地随吃随扔，反倒要为没有电冰箱操心犯愁。他们当中负责食物的也要漫山遍野地东奔西走，但不会走得太远。而且一旦猎取了山鸡和野兔，就会迫不及待地赶回家中。

在那里，婴儿嗷嗷待哺，妻女翘首以盼。

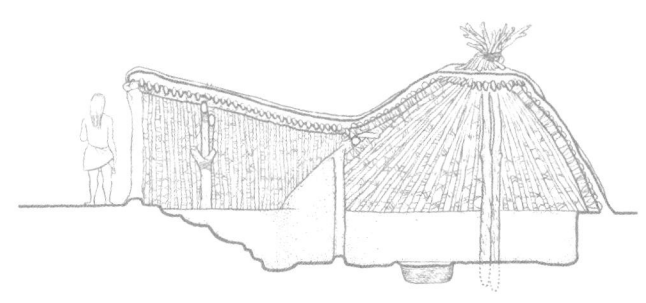

所以，直到今天，人们如果有了收获，冒出的第一个念头往往就是：带回家去！

春运的车上大包小包，并不奇怪。

但前提是，你得有个家。

而且，还必须有实实在在的物质形式。

我们知道，这就是建筑。

原始建筑几乎都是圆形的，圆心则是火塘。家庭成员等距离地围着火塘分享食物，亲切感和凝聚力，以及温馨可人的情调便油然而生。帐篷或茅屋中心的火，是温暖的源泉，也是战胜黑暗的武器，因为它就是光明。

实际上事情很可能是这样：当篝火在旷野燃起，人们围拢过来自然地形成了圆圈。为了防止风吹灭火，同时也为了更加保暖，又发明了遮风避雨的风篱。风篱做得更加坚固，就变成了墙。有了墙，建筑就诞生了。

同时诞生的，还有家园。

因为有了墙，人类才既有家，又有园。

事实上，正是靠着墙，建筑实现了空间的分割。这种分割是物理的，更是心理的。在那个被称之为家或家园的地方，你可以隐藏或者倾诉心中的秘密，可以与他人共享欢乐或者分担痛苦，可以消除疲劳或者疗治创伤，当然更可以放心安睡，甚至乱发脾气。

鸡声茅店月，人迹板桥霜。远行的人尽管远行，只要你风雨无阻，只要你有家可归。

哪怕只是一间陋室，一盏孤灯。

纺车声声

贾平凹

——

原名贾平娃,1952年生,陕西丹凤县人。
1975年毕业于西北大学中文系。1974年开始发表作品。
全国人大代表、中国作家协会副主席、陕西省作家协会主席、西安市文联主席。
代表作:《废都》《秦腔》《怀念狼》等。

如今，我一听见"嗡儿，嗡儿"的声音，脑子里便显出一弯残月来，黄黄的，像一瓣香蕉似的吊在那棵榆树梢上；院子里是朦朦胧胧的，露水正顺着草根往上爬；一个灰发的老人在那里摇纺车，身下垫一块蒲团，一条腿屈着，一条腿压在纺车底杆上，那车轮儿转得像一片雾，又像一团梦，分明又是一盘磁音带了，唱着低低的，无穷无尽的乡曲……

这老人，就是我的母亲，一个没有文化的，普普通通的山地小脚女人。

那年月，正是"文化大革命"中期，我刚刚上了中学，当校长的父亲就被定为"走资派"，拉到远远的大深山里"改造"去了。那是一座原始森林林场，方圆百里是高山，山上是莽林，穿着"黑帮"字样衣服的"改造"者，在刺刀的监督下，伐木，运木，运木，伐木；即便是偶尔逃跑出来了，也走不出这林海就会饿死的。这是后话，都是父亲后来告诉我的；他在那里"改造"了七年。七年里，家里只有母亲，我，和一个弟弟、两个妹妹。没有了父亲的工资，我们兄妹又都上学，家里就苦了母亲。

她是个小脚,身子骨又不硬朗,平日里只是洗、缝、纺、浆,干一些针线活计。现在就只有没黑没明地替人纺线赚钱了。家里吃的,穿的,烧的,用的,我们兄妹的书钱,一应大小开支,先是还将就着应付,麦里遭旱后,粮食没打下,日子就越发一日不济一日了。我瞧了母亲一天一天头发灰白起来,心里很疼,每天放学回来,就帮她干些活:她让我双手扩起线股,她拉着线头缠团儿;一看见她那凸起的颧骨,就觉得那线是从她身上抽出来的,才抽得她这般的瘦;尤其不忍看那跳动的线团儿,那似乎是一颗碎了的母亲的心在颤抖啊!我说:

"妈,你歇会儿吧。"

她总给我笑笑,骂我一声:

"傻话!"

夜里,我们兄妹一觉睡醒来,总听见那"嗡儿,嗡儿"的声音,先觉得倒中听,低低的,像窗外的风里竹叶,又像院内的花间蜂群,后来,就听着难受了,像无数的毛毛虫在心上蠕动。我就爬起来,说:

"妈,鸡叫二遍了,你还不睡?"

她还是给我笑笑,说:

"棉花才下来,正是纺线的时候,前日买了五十斤苞谷,吃的能接上秋了,可秋天过去,你们又是一个新的学期呀……"

我想起上一学期,我们兄妹一共是二十元学费,母亲东借西凑,到底还缺五元;学校里硬是不让我报名,母亲急得发疯似的,嘴里起了火泡,热饭吃不下去,后来变卖了家里一只铜洗脸盆,我才上了学,已经是迟了一星期的了。现在,她早早就做起了准备……我就说:

"妈,我不念了,回来挣工分吧!"

她好像吃了一惊,纺车弦一紧,正抽出的棉线"嘣"的一声断了,说:

"胡说!起了这个念头,书还能念好?快别胡说!"

我却坐起来,再说:

"念下去有什么用呢?毕了业还不是回来当农民?早早回来挣工分,我还能养活你们哩!"

母亲呆呆地瓷在那里了,好久才说:

"你说这话,刀子扎妈的心。你不念书了,叫我怎么向你爸交代呀？"

一提起爸爸，她就伤心了，大颗大颗的眼泪滚下来。我看得害怕了，就再不敢说下去，赶忙向她求饶：

"妈，我再不敢说这话了，我念，我一定好好念。"

她却扑过来，紧紧地搂住了我，搂得那么紧，好像我是一块冰，她要用身子暖化成水儿似的。油灯芯跳了几下，发出了土红色，我要爬过去添油，她说：

"孩子，别添了；妈听你的，妈要睡呀。"

这一夜，她一直搂着我。

秋里雨水很旺，庄稼难得的好长势，可谁也没有料到，谷子饱仁的节候，突然一场冰雹，把庄稼全都砸趴到泥里去了。收成没了指望，母亲做饭更难了。一天三顿，半锅水下一小瓢儿米面，再煮一把豆子。吃饭时，她总是拿勺捞着豆子倒在我们碗里，自己却撇上边的汤喝；我们都夹着豆子要让她吃，她显得很快活，却总是说：

"我是嫌那有豆腥气，吃了反胃的。"

母亲那时是真有胃病的；可我们却傻，还以为她说的是实情哩。

日子是苦焦的,母亲出门,手就总是不闲,常常回来口袋里装些野菜,胳肘下夹一把两把柴禾。我们也就学着她的样,一放学回来,沿路见柴禾就捡,见野菜就挑,从那时起,我才知道能吃的菜很多:麦瓜龙呀,苋苋草呀,灰条,水蒿的。这一天傍晚,我和弟弟挑了一篮子灰条,高高兴兴地回来,心想母亲一定要表扬我们了,会给我们做一顿菜团团吃了,可一进门,母亲却趴在炕上呜呜地哭。我们全都吓慌了,跪在她的身边,不知道发生了什么事,她突然一下子把我们全搂在怀里,问:

"孩子,想爸爸吗?"

"想。"我们说,心里咚咚直跳。

"爸爸好吗?"

"好。"我们都哭开了。

"你们不能离开爸爸,我们都不能离开爸爸啊!"她突然大声地说,并拿出一封信来。

我一看,是爸爸寄来的,我多么熟悉爸爸的字呀,多少天来,一直盼着爸爸能寄来信,可是这时,我却害怕了,怕打开那封信。母亲说:

"你五叔已经给我念过了,你再念一遍吧。"

我念起来:

"龙儿妈:我是多么想你们啊!我写给你们的几封信,全让扣压了,亏得一位好心的看守答应把这封信给你们寄去……接到信后,不要为我难过,我一切都好。

"算起来,夫妻三十年了,谁也没料到这晚年还有那么大的风波!我能顶住,我相信党,也相信我个人。活着,我还是共产党人,就是死了,历史也会证明我是共产党的鬼。可是现在,我却坑害了你们。我知道你和孩子正受苦,这是使我常常感到悲痛的事,但你们要活下去,而且要活得好!所以,我求你们忘掉我,龙儿妈,还是咱们离了婚好……"

我哇的一声哭了,弟弟妹妹也哭了起来,母亲却一个一个地拉起我们说:"孩子,不要哭,咱信得过你爸爸,他就是坐个十年八年牢,咱等着他!龙儿,你给你爸爸回封信吧,你就说:咱们能活下去,黄连再苦,咱们能咽下!"

母亲牙齿咬着,大睁着两眼,我们都吓得不敢哭了,看着她的脸,像读着一本宣言。母亲的那眼睛、那眉峰、那嘴角,从那以后,就永生永世地刻在我的心上了。

这天夜里,天很黑,半夜里乌云吞了月亮,半空中响着雷,电也在闪,像魔爪一样在撕抓着,是在试天牢不牢吗?母亲安顿我们睡下了,她又坐在灯下纺起线来。那纺车摇得生欢,手里的棉花无穷无尽地抽线……鸡叫二遍的时候,又一阵炸雷,她爬过来,就悄悄地坐在我们身边,借着电光,端详起我们每一张脸,替我们揩去脸上的泪水,当她给我揩泪的时候,我终忍不住,眼泪从闭着的眼皮下簌簌流下来,她说:

"你还没睡着?"

我爬起来,和母亲一块儿坐在那里。母亲突然流下泪来,说:

"咳,孩子,你还不该这么懂事的呀!"

我说:

"妈,你儿子已经长大了哩!"

母亲赶忙擦了擦眼泪说:

"孩子,我有一件想给你说,我作难了半夜,实在不忍心，可也只有这样了。今年年景不好，吃的、烧的艰难，我到底是妇道人家，拿不来多少；你爸不在，弟弟妹妹都小，现在只能靠得上你了，你把书拿回来抽空自学吧，好赖一天挣些工分，帮我一把力吧。"

我说：

"我早该回来了，你别担心，我挣工分了，咱日子会好过哩。"

此次，我就退学务农了。生产队给我每天记四分工，算起来，每天不过挣了二角钱，但我总不白叫母亲养活了！母亲照样给人纺线，又养了猪，油、盐、酱、醋，总算还没断过顿的。

但是，这年冬天，母亲的纺车却坏了。先是一个轮齿裂了，母亲用铁丝缠了几道箍，后来就是杆子也炸了缝，一摇起来，就呱啦呱啦响，纺线没有先前那么顺手了：往日一天纺五两，现在只能纺三两。母亲很是发愁，我也愁，想买一辆新的，可去木匠铺打问过了，一辆新纺车得十五元。这十五元在哪儿呢？

这一天，我偷偷跑上楼，将爸爸藏在楼角的几大包书提了下来，准备拿到废纸收购店去卖了。正提着要出门，母亲回来了，问我去干啥，我说卖书去，她脸变了，我赶忙说：

"卖了，能凑着给你买一辆新纺车啊……"

母亲一个巴掌就打在我的脸上，骂道：

"给我买纺车？我那么想买纺车的？！唵！"

"不买新的，纺不出线，咱们怎么活下去呀？"我再说。

"活？活？那么贱着活？为啥全都不死了？！"她更加气得浑身发抖，嘴唇乌青，一只手死死抓着心口，我知道她胃疼又犯了，忙近去劝她，她却抓起一根推磨棍，向我身上打来，我一低头，忙从门道里跑出来，她在后边骂道：

"你爸一辈子，还有什么家当？就这一堆书，他看得命样重，我跟了他三十年，跑这儿调那儿，我带什么过？就这一包袱一包袱背了书走！如今又为这书，你爸被人绳捆索绑，我把它藏这儿藏那儿，好不容易留下来，你却要卖？你爸回来了还用不用？你是要杀你爸吗！"

听了母亲的话，我才知道自己错了。我不敢回去，跑到生产队大场上，钻在麦秸堆中呜呜地哭了一场。哭着哭着，便睡着了，一觉醒来，竟是第二天早上了，拍打着头上的麦草，就往回走。才进巷口，弟弟在那里嘤嘤泣哭，一见我，就喜得不哭了，给我笑笑，却又哭开了，说：昨天晚上，全家人到处找你，崖沟里看了，水塘里看了，全没个影子，母亲差不多快要急疯了，直着声哭了一夜，头在墙上都撞烂了。

"哥哥，你快回去吧，你一定要回去！"

我撒脚就往回跑，跪在母亲面前，让她狠狠骂一顿，打一顿，但是，母亲却死死搂住我，让我原谅她，说她做妈的不好。

中午，隔壁刘五叔到家里来，给我们送了半口袋苞谷面，他是一位老实的庄稼人，常常来家里走动，说他历史清白，世代贫农，到"黑帮"家里来，不怕被开除了农民籍。他问了父亲的近况，叹息了一番，就和母亲唠叨起家常，说到今年的收成，说到柴禾茶饭，末了，就说起买纺车的事，他便出了主意：让我进山砍柴去卖吧。柴价上涨，一次砍五六十斤吧，也可以卖到二元钱哩。母亲先是不同意，我在旁紧紧撺掇，她沉吟了一会儿，说：

"他五叔，这行吗？孩子太嫩啊，有个三长两短，我对得起他爸吗？"

五叔说：

"这有什么办法呢？总要活呀！你放心吧，孩子交给我，我护着他，包没甚事的。"

母亲总算同意了，就帮我收拾了背笼、砍刀，天一黑，早早催我去睡了。半夜里，她摇我醒来，炕头上已放了碗热腾腾的糊涂饭，说是吃早饭。我怨她做饭做得稠，她说这是去出力呀，可不比平日。我给她盛了一碗，她硬不吃；逼紧了，扒拉两口，却把弟弟妹妹全摇醒，分给他们吃了。末了，我和五叔出门，她给我装了一手巾烤洋芋，一直送着出了村，千叮咛万叮咛了一番，方才抹着泪回去了。

在山上砍柴，实在不是件轻松事，我们弯弯曲曲地在河沟钻了半夜，天放亮的时候，才赶到砍柴的地方。我们将干粮压在石板底下，五叔说，这样才不会让老鸹叼走的；就爬到崖上去砍那些枯蒿野棘的。崖很陡，我总是爬不上去，五叔拉我上去了，却害怕地挪不开脚来。一棵野棘没有砍倒，手上就打了血泡，衣服也划破了，五叔就让我别砍了，他身子贴在崖壁上，砍得很是凶，满山满谷都是回音。我帮他整理柴堆，整到一块儿了，他捆成捆儿，就从山上推下沟去了。中午的时候，我们便溜下沟，拾掇了背笼，吃了干粮，欢天喜地地往回赶了。

回来的路显得比去时更长，走不到几程，小腿就哗哗直抖，稍不留神，就会跪倒下去了。路是顺河绕的，时不时还要过河面上的列石：走一步，心就在喉咙处跳一下；我一步一颠地，好容易过了最后一块列石，使劲往岸下一蹲，没想一步没踩稳，便"扑"地倒下了。五叔忙过来拉我，好容易从柴堆下爬起来，腿却碰破了，血往外流。五叔就在山上撕一把蓖蓖芽草，在嘴里嚼烂了，敷在上面。血是不流了，但疼得厉害，五叔就让我只身走，他将两个背笼来回转背着。我看着心里不安，硬嚷着要背，他便让我背了在后边慢慢走，他将他的背笼背一程了，回来再接我。这样一直到了太阳西下，我们总算钻出了山沟，离家只有八里路了吧。我心里很高兴,时不时抬头看看前边:过了这个村,到了哪个庄呢?离家还能有多远呢?这一次刚一抬头,就看见前边走来一个人,背着一个空背笼,头发被风刮披在后肩,样子很是单薄。啊,这不是母亲吗?我大声叫道:

"妈!妈——"

果然是母亲!她是来接我的。一看见我背了这么多的柴,喜欢得什么样的;再一见我腿上的伤,眼泪就流了下来,我说:

"妈,这一定有六十斤哩,可以卖二元钱哩,再去砍上五六次,就可以买个新纺车了哩!妈,你也应该高兴呀!"

母亲就对我努力地笑笑,分了一半柴背了,娘儿俩一路说不完的话。

这背笼柴,第三天的集市上便卖了,果然卖了二元钱。一家人捏着那票子,一张一张蘸着唾沫数了,又用红布包了,压在箱子底里。打这以后,打柴给了我希望和力量,差不多隔三天就进一次山。头几次倒要五叔照顾,后来自己也练出来了。柴打回来,是我最有兴致的时候,总是不歇,借杆秤称了,一根一根在门前垒齐了,就给母亲和弟妹讲山上的故事;我讲多长,他们就听多久。

就在那月底,我们全家人都到木匠铺去,买回来了一辆新的纺车。最高兴的莫过于母亲了,她显得很年轻,脸上始终在笑着,把那纺车一会儿放在中堂上,一会儿又搬到炕角上,末了,又移到院中的榆树下去纺。她让我给爸爸写信,告诉他这是我的功劳,说孩子长大了,真的长大了,让他什么也别操心,好好珍重身子,将来回来了,儿子还可以买个眼镜给他,晚上备课就不眼花了。最后,硬要弟弟、妹妹都来填名,还让我握着她手在信上画了字。这一次,她在新纺车上纺了六两线,那"嗡儿,嗡儿"的声音,响了一天半夜,好像那是一架歌子,摇摇任何地方,都能发出音乐来的。

母亲的线越纺越多,家里开始有了些积攒,母亲就心大起来,她从邻居借了一架织布机,织起布来卖了。终日里,小院子里一道一道的绳子上,挂满了各色二浆线;太阳泛红的时候，就喜欢经线、经筒儿一摆儿插在那里，她牵着几十个线头，魔术似的来回拉着跑，那小脚踮踮地，像小姑娘一样的快活了。晚上，机子就在门道里安好了，她坐上去，脚一踏，手一搬，哐哩哐当，满机动弹：家里就又增加起一种音乐了。

母亲织的布，密、光、白的像一张纸，花的像画一样艳，街坊四邻看见了，没有一个不夸的。布落了机，就拿到集市去卖，每集都能买回来米呀，面呀，盐呀，醋呀，竟还给我们兄妹买了东西：妹妹是一人一面小圆镜；我和弟弟是一支钢笔，说以后还要再买些书，让我们好好自学些文化。

我照例还去砍柴。没想有一次砍了漆树，竟中了毒，满脸满身上长出红疹子，又肿起来，眼睛都几乎看不见了。不几天，弟弟妹妹和母亲也中毒，脸都肿得发亮。听人说，用韭菜水洗能洗好，母亲就到处找韭菜，熬了水一天三次给我们洗。可她，还是照样纺线，照样织布，当织完一个布下来，她眼睛快肿成一个烂桃儿样了。我拿了这布去卖，没想，那集上来了民兵小分队，说是要刹资本主义妖风，就开始包围了集市检查。集市炸了，人们没命地惊跑，我抱了布慌慌张张跑进一个巷去，那巷却是条死巷，就叫小分队将布收走了。我哭着回来，又不敢回家，只坐在村口哭。母亲知道了，把我拉了回去，弟弟妹妹在家里也哭作一团，眼看太阳压山了，中午饭也没心思去做。母亲让弟弟做，弟弟说他不饿，让我去做，我说肚子发鼓胀，母亲叹了一口气，自己去舀水起火，但很快又从厨房出来，端了一盆韭菜水放在我们面前，说：

"不许哭！都洗洗脸！"

我们都止了哭，洗了脸。

母亲就拉了我们向镇子上走去，一直走到镇中一家饭馆里，让我们坐了，买了五碗粘饭，一盘大肉，一盘豆腐，一盘粉条，说：

"吃吧，孩子，这饭可香哩！"

我们都不吃，她就先吃起来，大口大口的，吃得很香；我们也就都吃起来，但觉得并不香。母亲问：

"香吗？"

弟弟摇摇头，我赶忙递过一个眼色，于是我们都齐声说：

"好香。"

吃罢饭，母亲说她到民兵小分队部去一趟，让我把弟弟妹妹领回去，再好好洗洗韭菜水。这一夜，她便没有回来，我们都提心吊胆的。第二天一早，她回来了，满脸的高兴，说她把布要回来了，可走到半路，就又出售，接着就手揣在怀里，说：

"你猜，我给你买了什么？"

"烧饼！"我说。

"再猜。"她笑着说。

"帽子！"我想这一下一定猜对了。

母亲还是摇摇头，突然一亮手，原来是一本语文课本。她喜欢地说：

"孩子，日子能过得去了，就要把学习捡起来，要不爸爸回来了，看见一个校长的儿子是文盲，他会怎么个伤心呢？"

我说：

"学那有什么用场！"

她生气了：

"再不准你说这没出息的话！文化还有瞎的地方？"

我问起布是怎么还给的，她只笑笑，说句"我要的"，就罢了。后来我才打听到，原来母亲去要布时，人家百般训斥，拿难听的话骂她，她只是不走，人家就下令：要取回布，必须把分队部门前的一条排水沟挖通。她咬了咬牙，整整在那里挖了一夜……可她，我的好母亲，至今没有给我们说过这一段辛酸事儿。

有了笔，又有了书，一抽空，我就狠命地学习起来。每天晚上了，我要是看书，母亲就纺着线陪我；她要是纺线，我就看着书陪她。这样，分两处点油灯，煤油用得很费，母亲就把纺车搬到我的房间来纺，可那纺车"嗡儿，嗡儿"的响，她怕影响我，就又把纺车搬到院里的月光下去纺了。每当我看书看得身疲意懒，就走出门来，站在台阶上看母亲纺线，那"嗡儿，嗡儿"的响声，立刻给我浑身一震，脑子也就清醒多了，返身又去看书。

几乎就从那时起，我便坚持自学，读完了初中课程，又读完了高中课程，还将楼上爸爸的那几大包书也读了一半。"四人帮"一粉碎，爸爸"解放"回来了，那时他的问题才着手平反，我就报考了大学，竟被录取了。从此，我就带着母亲为我做的那套土布印花被子，来到了大城市，开始了新的生活；几年间，再没有见到我的母亲。后来，父亲给我来了信，信上说：

"我的问题彻底落实了，组织上给平了反，恢复了职务，又补发了二千元工资。但你母亲要求我将一千元交了党费，另一千元买了一担粮食，给救济过咱家的街坊四邻每家十元，剩下的五百元，全借给生产队买了一台粉碎机。她身体似乎比以前还好，只是眼睛渐渐不济了，但每天每晚还要织布、纺线……"

读着父亲的信，我脑子里就又响起那"嗡儿，嗡儿"的声音。啊，母亲，你还是坐在那院中的月光底下，摇着那辆纺车吗？那榆树梢上的月亮该是满圆了吧？那无穷无尽的棉线，又抽出了你多少幸福的心绪啊，那辆纺车又陪伴着你会唱出什么新的生活之歌呢？母亲！

我不是个好儿子

贾平凹

在我四十岁以后，在我几十年里雄心勃勃所从事的事业、爱情遭受了挫折和失意时，我才觉悟了做儿子的不是。母亲的伟大不仅在于生下血肉的儿子，还在于她并不指望儿子的回报，不管儿子离她多远又回来多近，她永远使儿子有亲情，有力量，有根有本。人生的车途上，母亲是加油站。

母亲一生都在乡下，没有文化，不善说会道，飞机只望见过天上的影子。她并不清楚我在远远的城里干什么，唯一晓得的是我能写字，她说我写字的时候眼睛在不停地眨，就操心我的苦："世上的字能写完？！"一次一次地阻止我。前些年，母亲每次到城里小住，总是为我和孩子缝制过冬的衣物，棉花垫得极厚，总害怕我着冷，结果使我和孩子都穿得像狗熊一样笨拙。她过不惯城里的生活，嫌吃油太多，来人太多，客厅的灯不灭，东西一旧就扔，说："日子没乡下整端。"最不能忍受我们打骂孩子，孩子不哭，她却哭，和我闹一场后就生气回乡下去。母亲每一次都高高兴兴来，每一次都生了气回去。回去了，我并未思念过她，甚至一年一年的夜里不曾梦着过她。母亲对我的好使我不觉得了母亲对我的好，当我得意的时候我忘记了母亲的存在，当我有委屈了就想给母亲诉说，当着她的面哭一回鼻子。

母亲姓周，这是从舅舅那里知道的，但母亲叫什么名字，十二岁那年，一次与同村的孩子骂仗——乡下骂仗以高声大叫对方父母名字为最解气的——她父亲叫鱼，我骂她鱼，鱼，河里的鱼！她骂我：蛾，蛾，小小的蛾！我清楚了母亲是叫周小蛾的。大人物之所以是大人物，是名字被千万人呼喊，母亲的名字我至今没有叫过，似乎也很少听老家村子里的人叫过，但母亲不是大人物却并不失却她的伟大，她的老实、本分、善良、勤劳在家乡有口皆碑。现在有人讥讽我有农民的品性，我并不觉得羞耻，我就是农民的儿子，母亲教育我的忍字，使我忍了该忍的事情，避免了许多祸灾发生，而我的错误在于忍了不该忍的事情，企图以委曲求全却未能求全。

七年前，父亲做了胃癌手术，我全部的心思都在父亲身上。父亲去世后，我仍是常常梦到父亲，父亲依然还是有病痛的样子，醒来就伤心落泪，要买了阴纸来烧。

在纸灰飞扬的时候，突然间我会想起乡下的母亲，又是数日不安，也就必会寄一笔钱到乡下去。寄走了钱，心安理得地又投入到我的工作中了，心中再也没有母亲的影子。老家的村子里，人人都在夸我给母亲寄钱，可我心里明白，给母亲寄钱并不是我心中多么有母亲，完全是为了我的心理平衡。而母亲收到寄去的钱总舍不得花，听妹妹说，她的钱没处放，一卷一卷塞在床下的破棉鞋里，几乎让老鼠做了窝去。我埋怨过母亲，母亲说："我要那么多钱干啥？零着攒下了将来整着给你。你们都精精神神了，我喝凉水都高兴的，我现在又不至于喝着凉水！"去年回去，她真的把积攒的钱要给我，我气恼了，要她逢集赶会了去买个零嘴吃，她果然一次买回了许多红糖，装在一个瓷罐儿里，但凡谁家的孩子去她那儿了，就三个指头一捏，往孩子嘴一塞，再一抹。孩子们为糖而来，得糖而去，母亲笑着骂着"喂不熟的狗"，末了就呆呆地发半天愣。

母亲在晚年是寂寞的，我们兄妹就商议了，主张她给大妹看管孩子，有孩子占心，累是累些，日月总是好打发的吧。小外甥就成了她的尾巴，走到哪儿带到哪儿。一次婆孙到城里来，见我书屋里挂有父亲的遗像，她眼睛就潮了，说："人一死就有了日子了，不觉是四个年头了！"我忙劝她，越劝她越流下泪来。外甥偏过来对着照片要爷爷，我以为母亲更要伤心的，母亲却说："爷爷埋在土里了。"孩子说："土里埋下什么都长哩，爷爷埋在土里怎么不再长个爷爷？"母亲竟没有恼，倒破涕而笑了。母亲疼孩子爱孩子，当着众人面要骂孩子没出息，这般大了夜夜还要噙着她的奶头睡觉，孩子就羞了脸，过来捂她的嘴不让说。两人绞在一起倒在地上，母亲笑得直喘气。我和妹妹批评过母亲太娇惯孩子，她就说："我不懂教育嘛，你们怎么现在都英英武武的？！"我们拗不过她，就盼外甥永远长这么大。可外甥如庄稼苗一样，见风生长，不觉今年要上学了，母亲显得很失落，她依然住在妹妹家，急得心火把嘴角都烧烂了。我想，如果母亲能信佛，每日去寺院烧香，回家念经就好了，但母亲没有那个信仰。后来总算让邻居的老太太们拉着天天去练气功，我们做儿女的心才稍有了些踏实。

小时候，我对母亲的印象是她只管家里人的吃和穿，白日除了去生产队出工，夜里总是洗萝卜呀，切红薯片呀，或者纺线，纳鞋底，在门闩上拉了麻丝合绳子。母亲不会做大菜，一年一次的蒸碗大菜，是父亲亲自操作的，但母亲的面条擀得最好满村出名。家里一来客，父亲说：吃面吧。厨房一阵案响，一阵风箱声，母亲很快就用筻盘端上几碗热腾腾的面条来。客人吃的时候，我们做孩子的就被打发着去村巷里玩，玩不了多久，我们就偷偷溜回来，看着客人是否吃过了，是否有剩下的。果然在锅底里就留有那么一碗半碗。在那困难的年月里，纯白面条只是用来待客，没有客人的时候，中午可以吃一顿苞谷糁面，母亲差不多是先给父亲捞一碗，然后下些浆水和菜，连菜带面再给我们兄妹捞一碗，最后她的碗里就只有苞谷糁和菜了。那时少粮缺柴的，生活苦巴，我们做孩子的并不愁容满面，平日倒快活得要死，最烦恼的是帮母亲推磨子了。常常天一黑母亲就收拾磨子，在麦子里掺上白苞谷或豆子磨一种杂面，偌大的石磨她一个人推不动，就要我和弟弟合推一个磨棍。月明星稀

之下,走一圈又一圈,昏头晕脑地发迷怔。磨过一遍了,母亲在那里筛箩,我和弟弟就趴在磨盘上瞌睡。母亲喊我们醒来再推,我和弟弟总是说磨好了,母亲说再磨几遍,需要把麦麸磨得如蚊子翅膀一样薄才肯结束。我和弟弟就同母亲吵,扔了磨棍怄气。母亲叹叹气,末了去敲邻家的屋子,哀求人家:二嫂子,二嫂子,你起来帮我推推磨子!人家半天不吱声,她还在求,说:"咱换换工,你家推磨子了,我再帮你……孩子明日要上学,不敢耽搁娃的课的。"瞧着母亲低声下气的样子,我和弟弟就不忍心了,揉揉鼻子又把磨棍拿起来。母亲操持家里的吃穿琐碎事无巨细,而家里的大事,母亲是不管的,一切由当教师的星期天才能回家的父亲做主。在我上大学的那些年,每次寒暑假结束要进城,头一天夜里总是开家庭会,家庭会差不多是父亲主讲,要用功学习呀,真诚待人呀,孔子是怎么讲,古今历史上什么人是如何奋斗的,直要讲两三个小时。母亲就坐在一边,为父亲不住吸着的水烟袋卷纸媒,纸媒卷了好多,便袖了手打盹。父亲最后说:"你妈还有啥说的?"母亲一怔,方清醒过来,父亲就生气了:"瞧你,你竟能睡着?!"训几句。母亲只是笑着,说:"你是老师能说,我说啥呀?"大家都笑笑,说天不早了,睡吧,就分头去睡。这当儿母亲却精神了,去关院门,关猪圈,检查柜盖上的各种米面瓦罐是否盖严了,防备老鼠进去,然后就收拾我的行李,然后一个人去灶房为我包天明起来吃的素饺子。

父亲去世后,我原本立即接她来城里住,她不来,说父亲三年没过，没过三年的亡人会有阳灵常常回来的，她得在家顿顿往灵牌前贡献饭菜。平日太阳暖和的时候，她也去和村里一些老太太抹花花牌，她们玩的是两分钱一个注儿，每次出门就带两角钱三角钱，她塞在袜筒里。她养过几只鸡，清早开鸡棚，一一要在鸡屁股里揣揣有没有蛋要下，若揣着有蛋，半晌午抹牌就半途赶回来收拾产下的蛋。可她不大吃鸡蛋，只要有人来家坐了，却总热惦着要烧煎水，煎水里就卧荷包蛋。每年院里的梅李熟了，总摘一些留给我，托人往城里带，没人进城，她就一直给我留着。"平爱吃酸果子"，她这话要唠叨好长时间，梅李就留到彻底腐烂了才肯倒去。她在妹妹家学练了气功，我去看她，未说几句话就叫我到小房去，一定要让我喝一个瓶子里的凉水，不喝不行，问这是怎么啦，她才说是气功师给她的信息水，治百病的，"你要喝的，你一喝肝病或许就好了！"我喝了半杯，她就又取苹果橘子让我吃，说是信息果。

我成不成为什么专家名人，母亲一向是不大理会的，她既不晓得我工作的荣耀，我工作上的烦恼和苦闷也就不给她说。一部《废都》，国之内外怎样风雨不止，我受怎样的赞誉和攻击，母亲未说过句话。当知道我已孤单一人，又病得入了院，她悲伤得落泪，要到城里来看我，弟妹不让她来，不领她，她气得在家里骂这个骂那个，后来冒着风雪来了，她的眼睛已患了严重的疾病，却哭着说："我娃这是什么命啊？！"

我告诉母亲，我的命并不苦的，什么委屈和劫难我都可以受得，少年时期我上山砍柴，挑百十斤的柴担在山砭道上行走，因为路窄，不到固定的歇息处是不能放下柴担的，肩膀再疼腿再酸也不能放下柴担的，从那时起我就练出了一股韧劲。而现在最苦的是我不能亲自伺候母亲！父亲去世了，作为长子，我应该为这个家操心，使母亲在晚年活得幸福，但现在既不能照料母亲，还反倒让母亲为儿子牵肠挂肚，我这做的是什么儿子呢？

把母亲送出医院，看着她上车要回去了，我还是掏出身上仅有的钱给她，我说，钱是不能代替孝顺的，但我如今只能这样啊！母亲懂得了我的心，她把钱收了，紧紧地握在手里，再一次整整我的衣领，摸摸我的脸，说我的胡子长了，用热毛巾焐焐，好好刮刮，才上了车。眼看着车越走越远，最后看不见了。我回到病房，躺在床上开始打吊针，我的眼泪默默地流下来。

他
她

庆山

作家,曾用笔名安妮宝贝。

已出版散文及短篇小说集:《告别薇安》《八月未央》《蔷薇岛屿》《素年锦时》《眠空》《且以永日》《得未曾有》《月童度河》《镜湖》。

已出版长篇小说:《彼岸花》《二三事》《莲花》《春宴》《夏摩山谷》。

1

她站在午后寂静山谷的花树下面,穿一件紫色的薄羊绒衫。头发还很黑,烫着波浪发卷。耳朵上戴一副有坠子的纯金耳环。用手再次摸了一下自己的肩头。说,这样可以吗。我说,可以的。我们就在这里拍。

身后的花树,长长的枝丫伸展过来,重叠绽放的洁白花朵,有细细的粉末花蕊。她的容颜已经有了斑驳的迹象。肌肤松弛,眼角有皱纹。嘴唇没有血色,非常干燥。走了长路之后的疲倦。我说,把丝巾摘掉。身体再略微后靠一些,下巴收紧。眼睛看着我。

我们是在沿着山路行走。春天的山道,野草葱郁,一路都是火焰般丛丛燃烧的杜鹃花,以及一树一树洁白的梨花。天空透亮的深蓝。偶尔有鸟声在寂静中像光束一样掠过。大朵白云。阳光明亮热辣,照得人脸颊发烫。

她经过两棵枇杷树,说,这是一对夫妻树。一棵会结果,一棵不会。

一边走路一边对我絮叨山里的植物。额头上渗出细细的汗水来。已经把外套脱掉,还围着一条丝巾。

我们一前一后地走向更深的山谷。空气中有草叶和灌木的味道。空旷的野山之中,仿佛只有我与她两个人。是去看她祖母的坟墓。

我说,我们采一些花吧。

她说,好啊。

我爬过灌木丛,到山坡上去折花。她也想过来,但被我制止。我说,站在那里,不要动。仿佛我是她,而她是童年的我。花开得这样好。我说,我们拍一张照片。她一直都很爱拍照片。每次都觉得那是郑重的事情。他也如此。

仔细整理了衣服,然后按照我的示意,略显笨拙地移动。阳光非常明亮。她微微眯起眼睛,看着我的镜头,脸上绽开一丝少女般犹豫的笑容。我按动手里的相机,听到它自动调焦之后清脆的叮叮声音。为正在老去的她,拍下一幅照片。

是 2004 年的四月。

2

她二十岁的时候嫁给他。二十一岁生下第一个孩子。我是她的长女。

她曾经对我说过,生我的时候是难产。酷暑的七月。痛得差点把一张铁床摇得散架。最后还是动用了助产器,试图把我的头吸出来。生下来的时候额头上鼓着个大包,她在喂奶的时候就不停地揉,非常害怕。好不容易,终于揉平了。所以她说,你这样硬的命。

这件事情她提过多次。我不能想象她的苦楚。因为我还未曾有过孩子(有人说过,女人要自己有了孩子才能与母亲之间的关系更加亲密)。有很长的一段时间,她也许是和她的女儿一起长大。互相陪伴。互相玩。把蚕豆或者苹果嚼碎了,再喂到我的嘴巴里。背着我,抱着我。带着我去看望她的女朋友。在我的裙子和衬衣上面,绣上非常漂亮的花鸟。

那时是开了一个刺绣铺，专门替人在衣服和床单上绣花。家里总是有一大堆丝线团，散发着油墨味道的花纹图纸。圆型的竹绷架。整夜都在踩着缝纫机。睡觉的时候都能听到哒哒哒的缝针声音。辛勤维持家计的年轻女子。明眸皓齿，漆黑浓密的长发绑成大辫子。最大的乐趣，是晚上偶尔有空，带着我去看电影。

喜欢越剧。去剧院看《红楼梦》《碧玉簪》《情探》《血手印》……如痴如醉，自己也会哼。看完戏，就在江边的小餐馆里吃一碗热热的小馄饨。偶尔她也会嫌我年幼无知，在我手里塞一个苹果，哄我在家里睡觉。但是你总是很乖。深夜我回到家，你睡着了，手里还捏着苹果，只咬了一两口。她说。那时候她像一个淘气的少女渴望溜走，去世间探欢。

我有和她一样的眼睛、牙齿和头发。那是我们身上最漂亮的部分。

3

他去世的第一年,她来北京小住。颈椎病复发,睡觉的时候不安稳。剪了一头短发。神情里有茫然的平静。我们不能交流对同一个男人的回忆。很少提起。她把家里重新装修了一遍,把他的照片全部收起来。她也从不在我们面前哭。

有时候我会问她,你梦到他了吗。她说,有啊。就开始细细对我叙述她在梦中见到的他。他始终都是年轻时候的样子。瘦瘦的,穿着中山装。或许那是她印象里最深刻的少女记忆。偶然邂逅来自城市的落魄而优雅的男子。他喜欢读书,沉浸在自己的精神世界里。有孤僻的内心。她因此一直感觉寂寞,时常与他吵架。也曾经试图离婚。

但还是一起慢慢变老。然后送他离开。

我不对她说我的梦。我若一说,就会在她面前掉下眼泪。我后来常常会一个人无缘无故地哭。但是不喜在人前流泪。她对我回忆小时候的事情,就会说,你那个脾气,做什么都一定要做到。绝对是不依不饶的。那种倔强。青春期的我,已经是一个顽劣的女儿,自闭并且无力自拔。再未和她同床共枕,也从未拉着她的手,与她一起逛街。相反,有很多记忆,都是之间的争执冲突。

她在三十岁的时候又生下我的弟弟。开始做事,从家庭主妇变成了职业妇女。脾气也是暴烈,会动手来打。一次气极,随手拿过一把椅子就砸过来。差一点就砸到我头上。又强迫我跪下来,用做衣服的木头尺打我的膝盖。我总是一边哭一边骂她一边剧烈反抗。

那时候是几岁呢。我又在日记里抱怨她,被她无意间翻到。她非常伤心。所以成年之后,母女之间的那种私密亲热,在我们之间一直很少出现。

我们是不愿意当着对方的面掉眼泪的。这是一种禁忌。个性里有种惊人的相似,外表坚强硬气。骨子里绝不妥协的桀骜。内心里隐晦的柔软和依赖,这样深重,却是需要突破极其复杂的核壳,才能自然地袒露。即使再袒露,也有着羞涩之心。

那一刻。坐在天安门广场的暮色黄昏里,看着孩子们快乐地放风筝。天空里有温暖的金红色的晚霞。我一遍遍地把手放在她的背上，抚摸她。她的身体很柔软，因为老去而发胖，身上有些虚肿。我的确很少抚摸她。这个曾经像孩子一样与我一起长大的女子。一直感觉寂寞的女子。

而我最后一次长时间地抚摸他，是他在太平间里的尸体。他的丝毫没有温度的冰冷而僵硬的肉体。那是一次清算性的抚摸。但对我与他，都已不能带来安慰。

是 2002 年的五月。

4

她喜欢有浓郁芳香的白花。春天的玉兰，夏日的栀子和茉莉。山茶和兰花。最喜欢栀子。每次都从集市里买来一大把，用清水养在搪瓷杯子里。浓香扑鼻。她又把它别在衣服胸口的纽扣上。或者插在随身带的包袋里。走到哪里带到哪里。说不出的执着钟情。

家里第一次因为拆迁，从老式大墙院里搬到新楼房。

她兴致勃勃，借来三轮车带着一堆零散物品和我去新家，并在院子里种了一棵粗壮的山茶。即使在家里最艰辛的时候，对生活她也有许多美好的希望。哪怕这种希望仅仅只是一些琐碎平淡的事。

很多事情她都能解决，包括修好水龙头。做所有的家务，从未让他洗过一只碗。对邻居和亲戚也是情真意切的。是待人赤诚的人，从不虚伪。带着一种容易受到伤害的天真。

又一直都是讲究的女子。经常裁布料做衣服，喜欢穿旗袍和裙子。戴首饰。还去美容院做面膜。她热衷美，但又节省，始终只去商店买便宜的衣服。我知道她喜欢漂亮，给她买过一些昂贵的丝绸和皮草。她藏一段时间，最终还是会欢喜地拿出来穿上。

若做一条鱼，她是只吃头尾的人。鱼肉都留出来，给男人和孩子。每次吃饭都吃到最后。对食物有欣赏之心。经常独自对着一桌子剩菜，温一点点酒，慢慢地喝，慢慢地吃。

她的内心就是这样，拥有诸多丰盛平实的世间欢喜。世间一事一物，都留下敏感而动荡的痕迹。簇簇燃烧。有一股火焰。又始终有一股少女般的爱娇气质。一旦面对生活里危重的时刻，又会非常之硬朗。在我年少的时候，我并未获得能力去触探和观望她。一个美好的力量强大的女子。

而这一刻，我抚摸在黄昏暮色里的她，看到她所有的热烈情怀，像一朵洁白芳香的花朵，慢慢地枯萎。她的生命结出一颗无可奈何又坚韧沉着的果实。

是 2002 年的九月。

5

他离开之后，我经常梦见他。

看到自己又即将离开家，去千里之外的城市。她抱怨着我和她不亲近，又说，你也不去和他道别。于是我往前走，看到房间和门上分明的号码。但事实上他在医院里并没有住进过病房。他的床位一直是在走廊里，拖到三天后去世。

推开房门，看到紧闭着眼睛的他，脸色很白，仿佛是已经死了。我抚摸他额头上的头发（见到他的时候，其实他已经没有头发了，因为手术全部被剃光），亲吻他的额头。预期中的冰凉和无知。但是他突然就开始动了。睁开眼睛。虽然有稍许艰难。就急忙扶他起来，试图给他一个舒服妥当的位置。一边把枕头拖过来，一边心里惊动喜悦。是这样的高兴。

然后就醒了。

还曾梦见他进医院看牙齿，我替他去领药，走廊回旋一圈又一圈，始终找不到地方。问人，人们不回答，回避我。又梦见我带他坐飞机去旅行，在喧嚣的机场找不到换登机牌的柜台。而他拎着一只包，在等待着我。在梦里我总是这样焦灼而且无助。不知道该如何照顾好他。

有时候又梦见自己在家里，走到小厨房里去吃饭。他已经坐在旁边，如常地吃着晚饭，神情自如。和以前没有任何两样。在梦中竟一点也不知道，他已经是死去的人。仿佛我们从来就没有分开。

没有过对话。每一次在梦里，他都是不和我说话的。她说，梦见死去的亲人，就是不应该有对话的。若有对话，是不好的。他便是会来叫你跟着去。

有时候这样的梦，细节会非常清晰。看见他得了病，似乎是很快就要死了。我却又与他怄气，一个人坐到一边。突然想到，他是即将要去的人了，一阵心酸。于是起身，和他一起走到屋外。突然非常不舍得。紧紧抱住他的身体。他的身体意外地瘦小而软，仿佛儿童一样。我们一起看着一盆石榴。枝干粗而明显，绿叶子小而浓密地簇拥在上部分。

我不明白这些梦境的意思。似乎只是在梦中不断地重复摆弄一种假设与偶然。比如他会复活，或者是慢慢地死。想留出一段我与他之间正式的时间，想让他能够慢慢地离开我。把该说的话说完，该做的事做完。这样我们才能肯定地告别。

而事实上他走得迅疾,未曾与我说过一句话。也没有睁开眼睛看过我一眼。仿佛突然失踪。

我还尚未让自己接受这种失踪。因为我还依旧是他小小的被宠坏的女儿。他不能被替代。他一走,我的身体就有一半被掏出一个大洞。被怎么样地挖走,就保留怎么样的破碎轮廓。将会始终空缺在那里,被时间与黑暗覆盖,不得填补。直到我死去,那里都是残疾。

6

南方的石板路在夜色中沉寂而清朗。只有水果摊和小饭铺的橙色灯光还略显刺眼地亮着。走过公园的时候,那铁栅栏里面的大棵樱花树,开着累累繁花,粗壮枝丫一直伸展到路边上来。月光下,能看清那些粉白色的花朵在风中轻轻摇动。路面上有细碎的花瓣,撒了长长一路。

有夜归的卖蔬菜的三轮平板车,吱吱咯咯地从我们身边经过。流浪的小黄狗,迅疾地跑过去,留下模糊的足音。

她停下来,抬起头,深深呼吸一下,说,花开得多好。她似乎是略微带着屏息的,仔细地在暗中观看那些几乎要在一夜之间颓败的花朵。然后伸过手来,把我的手握在手心里,插进她的衣服口袋里。年纪大了的女子,手上的皮肤就会这样慢慢失去水分。像一种纸的触觉。她的手,干燥而温暖。

晚饭是她做的菜。清明节回家。弟弟请不出假来。我们两个人相对吃完了晚饭。白灼的新鲜贝壳和一些螺,有虾和螃蟹。刚好是春笋挖掘期。红烧的笋带着酱油味,嚼起来很甜。每次回家,才觉得能吃上真正喜欢的饭菜。即使是米饭都觉得分明清香许多。

吃完饭,是绝对不让洗碗的。家里重新装修过,她喜欢在家里放花。工作忙养不了盆花,她就放那些花花绿绿的假花。她总是要看到有花在。我回到家通常是无事可做,就坐在沙发上看电视。

一起散散步?她说。

那么好啊。我掐掉烟,站起来回应她。

她对着镜子梳理依旧漆黑发亮的头发,在洗干净的脸上仔细地抹上雪花膏。戴上一副耳环。换了条黑色薄羊毛长裙。穿上黑色平跟皮鞋。发现她的丝袜破了,小腿背面,有一条线漏了长长一条,但她自己没有发觉。拿了钥匙,关灯,锁上门。她转头对我笑笑,说,好了,我们走吧。

我们的目的地是花店。要给他买鲜花。她说，要两把。好好挑一下。

要的是白菊花和黄菊花。加了百合。她喜欢百合这种白色香花。一直想送束百合给他。和店主还价，女孩子口才和耐性极好。我轻易地就塞了一百块给她，不想跟她磨时间。母亲说，换两种不同颜色的绉纸可以吗。没有她喜欢的紫色。只有白色和黄色。明显地，我很不喜欢那个黄色。宁愿两把都用白色来包。但是，她一定要两种不同颜色。也许觉得该是让他知道那是来自两个想念着他的女子。

春天的江南城市，夜风微微的潮湿柔软。街道上越来越静。

抱着两大把花，又走了一段。走过无人的网球场，小学校园，裁缝店，小书店，服装店。经过电影院。我说，看看有什么戏。她明显是很感兴趣的，但又似乎不想让我花钱买票，一径回绝，说，最近没有好戏在排了。我说，看一下。贴在玻璃橱窗上面的海报，写着的日期，是我离开之后的日子。我说，我帮你买了票，你等我走了之后自己来看好不好。她说，不要了。拉着我的手往前拽，脸上却又是非常失望的样子。

回到家里，她与我一起上楼睡觉。坐在我的房间里看电视，我在一边整理衣服。她明显很想在房间里停留得长一些，但却不知道可以对我说什么。说，我去隔壁睡觉了。走过去一会儿，又回来说，我还是再看会儿电视。

就是想和我在一起，我知道。我也不知道可以对她说什么。一种拘泥而留恋的气息，在狭小的房间里轻轻游移。终于，她还是不能抵抗住自己的羞涩，说，你好好睡觉。明天要早起。我也累了，要早点睡。我说，好。她替我铺好床，又替我打开热水。然后关上她自己房间的门。

老去的她会越来越像我的孩子。

是2004年的四月。

7

曾经住过十多年的旧日房间。陈旧的木地板。所有旧日物品都隐约散发出灰尘的气息。南方的春天，待久了就会有阴冷之感。丝丝缕缕，渗入骨头里。我在潮湿的卫生间里用热水淋浴。天花板刷的油漆依旧发亮，映出大床的模糊影子。

我看到床上的自己，仿佛依旧是那个渴望远走高飞的少女。彼时爱我的男子都已经为人夫为人父。在这个房间里，十六岁的女孩像泅渡河流一样摆渡青春的残酷欲望。身体和灵魂像花瓣一样，突破障碍，激盛绽放。付出代价。寻求灵魂深处脱胎换骨峰回路转之后换取的清透晴朗。又回到这里。年华渐老。人淡如菊。

躺在床上，开着小台灯看了一会儿书。很安静的一个夜晚。天气预报说明天会下小雨。我凝神专心聆听了一会儿外面的动静。没有任何声音。很快入睡。

早上五点一刻。天还是微明。醒过来，听到门外有走动的声音。她帮我烧好开水。然后穿上鞋子,轻轻关上门下楼。大概是想让我再多睡一会儿,所以没有来叫醒我。半小时之后,打电话过来,说,你起来了吗。我说,起来了。那么下来吃早饭吧,一会儿我们早点走。

早饭是提前熬好的红豆粥。糯米做的柔软小圆子,红豆烂熟但并不甜腻。她又做桂圆煮鸡蛋。每次都做好多东西。食物是她最好的表达方式。根本吃不完。司机已经把车开过来。她把水果、鲜花放进去,又用袋子装点心。说怕我在路上饿。

车子开了大概三四个小时。很快就来到他的墓地。他下葬的时候是我挑的墓区。她并不认路,所以频频问我是不是快到了。远远地,看到了高耸的绿色山峦以及空旷田野。进到墓区还需开过一条窄窄的田埂。她似乎有了感应,意识到即将抵达,突然开始沉默起来。

车子停下,我把鲜花抱出来。她整理了一下自己的头发,径直往前走,打量着周围说,这里还挺好的。她又显出那种看不出表情的平静来。这种平静是我害怕的东西。墓区的新墓并不多,零星伫立着墓碑,插着细细的招魂树枝，上面绑着长纸条。那些已经被祭扫过的坟墓前摆着水果和糕点。

她轻声询问，是哪一座呢。我说，就是那里。她自己其实已经走到了。黑色墓碑上写着他的名字，是白色的。还有她的名字，是黄色的。若她以后与他同去，这名字也将被涂成白色。他们以后要葬在一起。

墓地背靠苍茫群山。石板路石缝里新长出许多青翠的野草。阳光灿烂温暖，空气里有松针和杜鹃花的清香。鸟声悦耳，从碧蓝的天空中划过。她背对着我，微微弯下腰，看着墓碑，伸手过去抚摸它，轻声地说，有好多灰啊，要擦一下。语气仿佛有对他轻轻的埋怨。

她的手指生疏而犹豫地在他的名字上划动了几下。然后突然之间，一直在克制中的她开始崩溃。跪下来，用手紧紧地抓住石头的边缘，把头靠在手臂上，呼唤着他的名字，说，你怎么就这样不管我了就走了呢。

她重复着这句话，开始大声哭泣。

8

在我十二岁的时候,弟弟是三岁。那一年,他和她带着我们去旅行。

那是我第一次坐飞机。去的是上海,飞机是半小时左右的路程。虽然家境并不愁温饱,但他们在特殊年代里成长,都是生性简朴的人。这是我印象中唯一的一次全家旅行。他坚持要在飞机边上拍照片,后来空姐跑过来阻止,因为乘客里只剩下我们四个人因为拍照没有登机。

他们是宁波人,热衷世间所有凡俗平实的喜乐。唯独我因为长期离开他们和故乡,独自生活,性格里是有一种广漠的东西,似乎以什么都不为稀奇,也没有充沛的兴趣。见什么都是淡然。

但事后,我回想自己淳朴的父母,那些孩子气的举动,心里只有爱怜。

我们一家四口走在上海的南京路上。她抱着年幼的弟弟,他因为腿疾行走不方便,跟在后面。十二岁的我已经常常会觉得郁郁寡欢，觉得他们想给我的，都是我所不要的东西。所以，心里从无天真。

刚好是节日，上海的旅馆全部爆满。只有四五星级的大酒店未挂已满的牌子。她犹豫再三，走进去询问价格，虽然他们并不缺钱，但依旧不舍得这种奢侈。在几乎找遍大街小巷，孩子们都已经疲惫，没有任何办法的前提下，刚好经过一个很偏僻的小旅馆。而且只有地下室才有床位。就打算只住一晚。

一直记得那个夜晚。在肮脏的地下室床铺上，她安顿我们。无可奈何。甚至不让我们洗澡，就只打算草草睡一晚了事。但是第二天早上醒来，我的手臂皮肤上就有了一块溃疡。发痒流水。那时候家里的经济已经很好，他们依旧有着不能突破的克制和不舍。

后来我想明白，这就跟他们与孩子的感情一样。他们很想给，但彼此之间的疏离感隔绝了这条通道。他们不缺乏付出的能力，却没有合理的方式方法。所以，即使深爱着对方，彼此依旧觉得孤独。有些表达与他们的内心自相矛盾，年幼的孩子很难体会。只有在孩子也变成一个成人之后，才会明白，父母也是有着天生弱点的大人。他们之间的爱，并不是理所当然，一样需要彼此相知。甚至宽悯。

他最后一次的旅行是去香港。不想花费太多，所以他独自跟着旅行团的陌生人前往。母亲在市场里给他买了一只假的耐克大旅行包。他依旧在飞机上拍了许多照片，像个淘气的没有得到满足的孩子。照片上的男人脸色灰暗，腿疾加重，明显力不从心。而在他年轻的时候，他几乎跑遍了全中国。他的苍老在晚年的时候迅疾地沉落。日益孤独自闭。

我看到他在铜锣湾、海洋公园、太平山顶上拍下的照片。深深体会到他内心的无能为力。他对生命所有的不甘、执着和失落。我从未试着去理解一个男人，像与他这般血肉贴近。因此每次看到那些照片，就会掉眼泪。

是2001年的十二月。

9

她在墓前的痛哭，使我与她都获得释放。

在那一刻，我一如自己事先想到的那样，站在一边，看着她跪在那里哭。没有任何劝解或试图阻止。周围失去一切声响和气息。寂静一片的内心，空无一物。我伸手过去抚摸她颤动不已的背部。无限黯然温柔。

也许在那一刻，我们才能够袒露彼此心扉，确认彼此的心心相印。再无任何隔阂与阻隔。之间的互相责难、挑剔、抱怨、争执，如僵硬的碎裂的水泥皮纷纷掉落。我们的血液在带来彼此生命血肉联结的呼唤。在漫长时间里，彼此的付出与给予。

死亡带来印证。对一个人的爱与怀念可以穿越这深不可测量的时光，直到彼此都在这个世间失去所有线索。

我来自他与她的体内，遗传他们的基因，继承他们的意志。若其中任何一个人有变，那么出生的人都不会是我。我们是世界上唯一能够互相信任和等待的亲人。再无其他。

那一刻,我问自己,你应该有个孩子吗。我突然很想找到一个能够深爱着他的男人,为他生个孩子。

10

祭扫完坟墓,去了石浦渔港。她想带我去吃海鲜。

在海边的大排档饭馆,她点了螃蟹,濑尿虾,螺,清蒸鲳鱼,蛏子,乌贼,海瓜子……非常多的海鲜。都很新鲜,当然价格也并非低廉。阳光很好,但海边的风还是很大,并且有寒意。她要了啤酒。怕我冷,又点了一大碗西红柿热汤。她坐在那里,也没有太多话,只是不停地给我和司机夹菜。

这样的时刻,对我们来说当然是很稀少的。吃完饭,车子开始开上归途。

她在路上提到她长大的一个地方,叫泗洲头。她的童年与她的外婆生活在一起。曾外婆是开旅馆的能干女子,爱抽烟,并且为人善良耿直。是对她影响最大的人。她说,外婆真是待人好。会帮助有困难的人。又很坚强。

又提起少女时代,在另一个村镇的中学里读书,每星期需要回家拿粮食和衣服。经常是用一根扁担挑着东西,独自走几十里的山路。还要爬坡。她笑,那时候都不知道累和苦。大太阳下面走。走累了就在树荫下歇息,喝口井水。

看,那两棵大樟树还在。她突然指着车窗外一闪而过的山路转弯处说。我和司机同时转过头去看了一眼。果然有两棵巨大浓密的樟树挺立在阳光之下。她说,我十几岁的时候它们就那么高了。多少年了呀。

多少年了呀。我看到阳光下平坦的公路明晃晃的一片。少女时代的她曾经走过的山路,隐没在了山峦与丛林之中。我可以看到那个充满生命力的乡下少女,挑着担子,独自走在阳光和山林中,她的生命一样早已经注定。要被一个男子带到他的城市里去。

我们还是重回了泗洲头。一个有大海和滩涂的村镇。曾经因为它的地理位置而非常昌盛,后来因为填海而荒凉。她说,那么一拦一围,船就不能靠过来了。以前集市的时候多热闹,船都开过来。我们一帮女孩子经常去挖蛎蝗,割紫菜,摸小螃蟹。现在呢,镇上都没有什么男人住了,都外出打工去了。街上都长草了。

去看了曾外婆的坟墓。她说起她外婆的死,说,是在炉灶里塞了一把干柴,觉得累,上床想躺一下。仰面下去就过世了。也是脑出血。那炉灶里的火还烧得好旺。

她说话的腔调,就好像他刚刚过世的那段时间,碰到亲戚,就会忍不住说,吃完早饭还好好的,站起来往房间里走,走了几步就突然倒下来。在她的心目中,死亡一定不应该以这样的方式袭击她生命中那些重要的人。她会永远对这些问题有困惑。说,多么好的人啊。对人那么好。从来不做坏事。

她抱着传统的好人有好报的固执心意。像个被骗了一记不愿意承认的人。胸口闷痛,口气里依旧是天真的无辜和惊奇。

从山上下来,司机在车里等得睡着了。我们折的杜鹃花和梨花几乎把整个车后座都塞满。她说要上厕所。但是找不着。又说，要不算了。上车吧。我说，那怎么行，路还长，你会不舒服的。我执意要找，走了一段路，找到一家旅馆，当下就走进去，对正在搓麻将的老板娘说，能不能借一下厕所用？老板娘说，没问题。在那边。

她略有些羞涩地走进来。我说，把外套和包给我。她就走了进去。

是。现在她又是我的小女孩了。

车子重新开动。她说，往前开。我托人挖了一袋笋，让你带回北京。那个伯伯一定会在公路边上等着我们的车。她很有把握的样子。的确这个地方任何一个村镇她都熟悉。这是她的生活范围，她对此非常满足。来北京住的一两个星期里，她一直对北京的空气和堵车抱怨非常多。

车子开了约半小时，果然有个中年男子在路边，拖了一袋鲜笋等在那里。她与他亲热地寒暄。他的女儿在她的生意里打工。执意要付钱给他，当然他肯定是不收的。热热闹闹地推让了一番。挥手告辞。男子站在后面还不停地挥手，一直目送车子远去。到了很远的地方，他还站在那里观望。

她在这时候又变为她自己。待人情意充沛,有付出有获得。有爽快热辣的一面。那袋笋她回家就把它剥皮洗净,用盐水烤熟了。让我带回北京。

11

因为常年独自在异乡生活,我时常觉得自己是一个被剥夺身份的女儿。是一个没有家的人。在某一个夜晚,打电话给她,对她说,即使不结婚也想要个孩子。她自然是不懂得我在说些什么,但口气里已经有一种软弱和难过,说,不行的。一个人带孩子会非常难。总归是要男人来帮一下手。你不懂得的。是不能够的。

她有一条朴素的劝告是,男人,就是互相做个伴的。没有什么爱或不爱。没有那么复杂的事。看着她十六岁就开始恋爱的女儿,身边的男人来来去去,但从未获得安定。她知道某种来自远方的潮水带走了她。她无法带她上岸,她所对抗的力量是她无法预算和估计的。也不能感知。所以她就只是任她随波起伏。

我一直觉得,如果有个女儿,她一定也会明眸皓齿,有漆黑的发丝。但不要再是一个外壳坚硬内核甜蜜的女子。会很寂寞。若突破了这外壳,又容易受到伤害。

反过来。我希望她外表甜蜜,内心坚强。能够直到成年,依旧可以和父亲拥抱。陪着父亲一起去旅行。与他非常亲密。爱她的母亲。因为她的母亲会非常爱她。把所有缺失都补偿给了她。她可以很早就结婚生子。一生只和一个男人在一起。她的第一个男人就是她的最后一个男人。从父母身边直接过渡到她的丈夫身边。

一直被爱呵护,不会在孤立无援中,成为一个坚韧的女子。一直生活在爱着她陪伴着她的人之中。

我知道,这是我所有没有实现和得到过的幻想。

12

在飞机上,睡着了。这样沉实。仿佛一觉醒来,他与她,会坐在我的身边,还是他们年轻时候的模样,带着童年的我去旅行。仿佛我们始终都不曾告别过。

她送我去机场。这是她第一次去送我。以前都是他做这件事情。她等我换完登机牌，托运完行李，拉着我的手走到安检通道前，终于还是又哭起来。我说，妈妈别哭。别哭，妈妈。

我知道这样的时刻，珍贵稀少，并且正在逐渐地失去。像从湖泊里掬起来一捧水，注定要从指尖漏空。在这个世界上，我能够拥有的恋恋不舍，只有这两个人才是真的。从始到终。

大厅里非常寂寥。没有人注意我们。我抱住这个正在老去的女人。她是我的孩子。

人越年长，便会逐渐对身边的人越来越淡然。很多人出现了。又消失了。犹如坐看云起云落，实在是没什么可解释说明。朋友有离有合，爱人此起彼伏。很多感情目的不纯，去向不明，对待不善。我们手里能够握有的感情，归根到底是几个人的事。

我通过安检，拿好行李起身的时候，转头看她。她挤在人堆里对我挥手。我笑了笑。看到他。那是他最后一次送我的样子。两年之前的春节。在汽车站。他站在出口处看着我，头发开始白了。脸上有微笑。我们都在难过，依旧挥手说再见。

我似乎从未去想他们是会老会死的。偶尔想起，觉得那是不可能的。也就从来没有想过，在某一天，会失去这一束视线。仿佛他与她是我手里自始到终的底牌。仿佛他们会一直在。

于是我转身，再一次离开。

母亲的房子

蔡崇达

1982年生,闽南人。"南方国际文学周"联合发起人。人称"天才达达",韩寒口中的"写作大师"。《中国新闻周刊》前执行主编,曾任职于《新周刊》《三联生活周刊》《周末画报》《智族GQ》,在新闻特稿写作方面有独到贡献,作品多次获得"《南方周末》年度致敬"、亚洲出版协会特别报道大奖。

母亲还是决定要把房子修建完成,即使她心里清楚,房子将可能在半年或者一年后被拆迁掉。

这个决定是在从镇政府回家的路上做的。在陈列室里,她看到那条用铅笔绘制的、潦草而别扭的线,像切豆腐一样从这房子中间劈开。

她甚至听得到声音。不是"噼里啪啦",而是"哐"一声。那一声巨大的一团,一直在她耳朵里膨胀,以至于在回来的路上,她和我说她头痛。

她说天气太闷,她说走得太累了,她说冬天干燥得太厉害。她问:"我能歇息吗?"然后就靠着路边的一座房子,头朝向里面,用手掩着脸不让我看见。

我知道不关天气,不关冬天,不关走路的事情。我知道她在那个角落拼命平复内心的波澜。

这座四层楼的房子,从外观上看,就知道不怎么舒适。两百平方米的地皮,朝北的前一百平方米建成了四层的楼房,后面潦草地接着的,是已经斑斑驳驳的老石板房。即使是北边这占地一百平方米的四层楼房,也可以清楚地看到,是几次修建的结果:底下两层是朝西的坐向,还开了两个大大的迎向道路的门——母亲曾天真地以为能在这条小路做点小生意，上面两层却是朝南的坐向，而且，没有如同一二层铺上土黄色的外墙瓷砖，砖头和钢筋水泥就这样裸露在外面。

每次从工作的北京回到家，踏入小巷，远远看到这奇怪的房子，总会让我想起珊瑚——一只珊瑚虫拼命往上长，死了变成下一只珊瑚虫的房子，用以支持它继续往上长。它们的生命堆叠在一起，物化成那层层叠叠的躯壳。

有一段时间，远在北京工作累了的我，习惯用GOOGLE地图，不断放大、放大，直至看到老家那屋子的轮廓。从一个蓝色的星球不断聚焦到这个点，看到它别扭地窝在那儿。多少人每天从那条小道穿过，很多飞机载着来来往往的人的目光从那儿不经意地掠过，它奇怪的模样甚至没有让人注意到，更别说停留。还有谁会在乎里面发生的于我来说撕心裂肺的事情。就像生态鱼缸里的珊瑚礁，安放在箱底，为那群斑斓的鱼做安静陪衬，谁也不会在意渺小但同样惊心动魄的死亡和传承。

母亲讲过太多次这块地的故事。那年她二十四岁，父亲二十七岁。两个人在媒人的介绍下，各自害羞地瞄了一眼，彼此下半辈子的事情就这么定了。父亲的父亲是个田地被政府收回而自暴自弃的浪荡子，因为吸食鸦片，早早地把家庭拖入了困境。十几岁的父亲和他的其他兄弟一样，结婚都得靠自己。当时他没房没钱，第一次约会只是拉着母亲来到这块地，说，我会把这块地买下来，然后盖一座大房子。

母亲相信了。

买下这块地是他们结婚三年后的事情。父亲把多年积攒的钱加上母亲稀少的嫁妆凑在一起，终于把地买下。地有了，建房子还要一笔花费。当时的父亲，正处于天不怕地不怕的年纪，拍拍胸膛到处找人举债，总算建起了前面那一百多平方米，留下偏房的位置，说以后再修。

父亲不算食言——母亲总三不五时回忆这段故事，这几乎是父亲最辉煌的时刻。

她会回忆自己如何发愁欠着的几千块巨款，而父亲一脸不屑的样子，说，钱还不容易。母亲每每回忆起这段总是要绘声绘色，然后说，那时候你父亲真是男子汉。

但男人终究是胆小的,天不怕地不怕只是还不开窍还不知道怕——母亲后来几次这么调侃父亲。

第二年,父亲有了我这个儿子,把我抱在手上那个晚上据说就失眠了。第二天一早六七点就摇醒我母亲,说,我怎么心里很慌。

愁眉苦脸的人换成父亲了。在医院的那两天他愁到饭量急剧下降。母亲已经体验到这男人的脆弱。第三天,因为没钱交住院费,母亲被赶出了医院。

前面有个姐姐,我算第二个孩子,这在当时已经超生,因而母亲是跑到遥远的厦门生的我。从厦门回老家还要搭车。因为超生的这个孩子,回家后父亲的公职可能要被辞掉。从医院出来,父亲抱着我,母亲一个人拖着刚生育完的虚弱身体,没钱的两个人一声不吭地一步步往公路挪,不知道怎么回到小镇上的家。

走到一个湖边,父亲停下来,迷惘地看着那片湖,转过头问,我们回得了家吗?

母亲已经疼痛到有点虚脱了,她勉强笑了笑:再走几步看看,老天爷总会给路的。

父亲走了几步又转过头：我们真的回得了家吗？

再走几步看看。

一个路口拐过去，竟然撞上一个来厦门补货的老乡。

"再走几步看看。"这句话母亲自说出第一次后，就开始不断地用它来鼓励她一辈子要依靠的这个男人。

公职果然被开除了，还罚了三年的粮食配给，内心虚弱的父亲一脆弱，干脆把自己关家里不出去寻找工作。母亲不吭声，一个人到处找活干——缝纫衣服、纺织、包装。烧火的煤是她偷邻居的，下饭的鱼是她到街上找亲戚讨的。她不安慰父亲，也不向他发火，默默地撑了三年。直到三年后某一天，父亲如往常一样慢悠悠走到大门边，打开门，是母亲种的蔬菜、养的鸡鸭。父亲转过身对母亲说："我去找下工作。"然后一个月后，他去宁波当了海员。

过了三年，父亲带着一笔钱回到了老家，在这块地上终于建成了一座完整的石板房。

父亲花了好多钱，雇来石匠，把自己和母亲的名字，编成一副对联，刻在石门上，雕花刻鸟。他让工匠瞒着母

亲,把石门运到工地的时候还特意用红布盖着,直到装上大门宣布落成那刻,父亲把红布一扯,母亲这才看到,她与父亲的名字就这样命名了这座房子。

当时我六岁,就看到母亲盯着门联咔着嘴,一句话都没说。几步开外的父亲,站到一旁得意地看着。

第二天办落成酒席,在喧闹的祝福声中,父亲宣布了另一个事情:他不回宁波了。

酒桌上,亲戚们都来劝,在他们看来,这是一个难得的工作:比老家一般工作多几倍的工资,偶尔会有跑关系的商家塞钱。父亲不解释,一直挥手说反正不去了。亲戚来拉母亲去劝,母亲淡淡地说,他不说就别问了。

后来父亲果然没回宁波了,拿着此前在宁波攒的钱,开过酒馆、海鲜馆、加油站,生意越做越小,每失败一次,父亲就像蜕一层皮一样,变得越发邋遢、焦虑、沉默。然后在我读高二的时候,父亲一次午睡完准备要去开店,突然一个跌倒,倒在天井里。父亲中风了。

也是直到父亲中风住院,隔天要手术了,躺在病床上,母亲这才开口问:"你当时在宁波是不是有什么事情处理不来，干脆躲了吧？"

父亲笑开了满口因为抽烟而黑的牙齿。

"我就知道。"母亲淡淡地说。

父亲当年建成的那座石板房子，如今只剩下南边的那一片了。

每次回家，我都到南边那石板老房走走。拆掉的是北边的主房，现在留下没完成拆建的部分，就是父亲生病长期居住的左偏房，和姐姐出嫁前住的右偏房。在左偏房里，父亲完成了两次中风，最终塑造出离世前那左半身瘫痪的模样。而在右偏房，姐姐哭着和我说，当时窘迫的家出不起太多嫁妆，她已经认定自己要嫁一个穷苦的人家，从此和一些家里比较有钱的朋友，断了联系。

我记得她说那句话的那个晚上，她和当时的男友出去不到一刻钟就回来了。进了房间，躲着父母，一声不吭地把我拉到一边，脸涨得通红，眼眶盈满了泪，却始终不让其中任何一滴流出来。平复了许久，她开口了："答应我，从此别问这个人的任何事情。如果父母问，你也拦住不要让他们再说。"

我点点头。

直到多年后我才知道,当时他问我姐:"你家出得起多少嫁妆?"

那旧房子,母亲后来租给了一个外来的务工家庭。一个月一百五十元,十年了,从来没涨过价钱。那狭小的空间住了两个家庭,共六个人一条狗,拥挤得看不到太多这房子旧日的痕迹。

一开始我几次进入那房子,想寻找一些东西。中风偏瘫的父亲有次摔倒在地上留下的血斑,已经被他们做饭的油污盖住了,而那个小时候父亲精心打造给我作为小乐园的楼梯间,现在全是杂物。

母亲有意无意,也经常往这里跑。

我看着这样的母亲,心里想,母亲出租给他们家,只是因为,他们家拥挤到足够占据这个对她来说充满情感同时又有许多伤感的空间。

别人的生活就这么浅浅地敷在上面——这是母亲寻找到的与它相处的最好距离。

其实,母亲现在居住的这四层小楼房,于我是陌生的。

这是我读高三的时候修建的。那也是父亲生病第二年。母亲把我叫到她房里，打开中间抽屉，抽出一卷钱。她说我们有十万了。那是她做生意，姐姐做会计，我高中主编书以及做家教的收入。她说你是一家之主，你决定怎么用。我想都没想，说存起来啊。

在那两年里，母亲每天晚上八九点就要急急忙忙地拿着一个编织袋出趟门，回来时我会听到后院里她扔了什么东西，然后一个人走进来，假装每天这么准时地出入一点都不奇怪。其实当时我和姐姐也是装作不知道，但心里早清楚，母亲是在那个时间背着我们到菜市场捡人家不要的菜叶，隔天加上四颗肉丸就是一家人一顿饭的所有配菜。

她偷偷地出去，悄然把菜扔在后院，第二天她把这些菜清洗干净，去除掉那些烂掉的部分，体面地放置在餐桌上。我们谁也没说破，因为我们都知道，自己承受不了说破后的结果。

然而那个晚上，拿着那十万，她说，我要建房子。

"你父亲生病前就想要建房子，所以我要建房子。"这是她的理由。

"但父亲还需要医药费。"

"我要建房子。"

她像商场里看到心爱的玩具就不肯挪动身体的小女孩，倔强地重复她的渴望。

我点点头。虽然明白，那意味着"不明来路"的菜叶还需要吃一段时间，但我也在那一刻想起来，好几次一些亲戚远远见到我们就从另一个小巷拐走，和母亲去祠堂祭祀时，总有些人都当我们不存在。

我知道这房子是母亲的宣言。以建筑的形式，骄傲地立在那儿。

满打满算，钱只够拆掉一半，然后建小小的两层。小学肄业的母亲，自己画好了设计图，挑好日子，已经是我高考前的两周。从医院回来，父亲和母亲就住到了左偏房。到了适婚年龄的姐姐从小就一直住在右偏房。旧房子决定要拆了，我无房可住，就搬到了学校的宿舍。

旧房子拆的前一周，母亲"慷慨"地买了一串一千响的大鞭炮，每天看到阳光出来，就摆到屋顶上去晒太阳。

她说，晒太阳会让声音更大更亮。偏偏夏日常莫名其妙地大雨，那几个下午，每次天滴了几滴水，母亲就撒开腿往家里跑，把鞭炮抢救到楼下，用电吹风轻轻吹暖它，像照顾新生儿一般呵护。

终于到拆迁的时刻了，建筑师傅象征性地向墙面锤了一下。动土了。在邻里的注视下，母亲走到路中间，轻缓地展开那长长的鞭炮，然后，点燃。

声音果然很响，鞭炮爆炸产生的青烟和尘土一起扬起来，弥漫了整个巷子。我听到母亲在我身旁深深地、长长地透了口气。

建房子绝不是省心的事，特别对于拮据的我们。为了省钱，母亲边看管加油站，边帮手做小工。八十多斤的她在加油站搬完油桶，又赶到工地颤颤悠悠地挑起那叠起来一人高的砖。收拾完，还得马上去伺候父亲。

我不放心这样的母亲，每天下课就赶到工地。看她汗湿透了全身，却一直都边忙边笑着。几次累到坐在地上，嘴巴喘着粗气，却还是合不上地笑。

看到有人路过工地，她无论多喘都要赶忙站起身过来说话:"都是我儿子想翻盖新房,我都说不用了,他却很坚持,没办法,但孩子有志气,我也要支持。"

担心的事情终于发生了,我高考前一周的那个下午,她捂着肚子,在工地昏倒了。到医院一查:急性盲肠炎。

我赶到医院,她已经做完盲肠手术。二楼的住院部病床上,她半躺在那儿,见我进来就先笑:"房子已经在打地基了?"她怕我着急到凶她。

我还是想发脾气,却听到走廊里一个人拄着拐杖拖着步子走的声音,还带着重重的喘气声。是父亲。他知道母亲出事后,就开始出发,拄着拐杖挪了三四个小时,挪到大马路上,自己雇了车,才到了这家医院。

现在他拄着拐杖一点点一点点挪进来,小心翼翼地把自己安排到旁边的病床上,如释重负地一坐。气还喘着,眼睛直直盯着母亲,问:"没事吧?"

母亲点点头。

父亲的嘴不断撇着,气不断喘着,又问了句:"没事吧?"眼眶红着。

"真的没事?"嘴巴不断撇着,像是抑制不住情绪的小孩。

我在旁,一句话都说不出来。

房子建了将近半年,落成的时候,我都上大学了。那房子最终的造价还是超标了,我只听母亲说找三姨和二伯借了钱,然而借了多少她一句话都不说。我还知道,连做大门的钱也都是向木匠师傅欠着的。每周她清点完加油站的生意,抽出赚来的钱,就一户户一点点地还。

然而,母亲还是决定在搬新家的时候,按照老家习俗宴请亲戚。这又折腾了一万多。

那一晚她笑得很开心,等宾客散去,她让我和姐姐帮忙整理那些可以回锅的东西——我知道将近一周,这个家庭的全部食物就是这些了。

抱怨从姐姐那里开始的,"为什么要乱花钱?"

母亲不说话,一直埋头收拾,我也忍不住了:"明年大学的学费还不知道在哪里呢?"

"你怎么这么爱面子,考虑过父亲的病,考虑过弟弟的学费吗?"姐姐着急得哭了。

母亲沉默了很久,姐姐还在哭,她转过身来,声音突然大了："人活着就是为了一口气，这口气比什么都值得。"这是母亲在父亲中风后，第一次对我们俩发火。

平时在报社兼职，寒暑假还接补习班老师的工作，这老家的新房子对我来说，就是偶尔居住的旅社。

一开始父亲对这房子很满意。偏瘫的他，每天挂着拐杖坐到门口，对过往的认识不认识的人说，我们家黄脸婆很厉害。

然而不知道听了谁的话，不到一周，父亲开始说："就是我家黄脸婆不给我钱医病，爱慕虚荣给儿子建房子，才让我到现在还是走不动。"

母亲每次进进出出，听到父亲那恶毒的指责，一直当作没听见。但小镇上，各种传言因为一个残疾人的控诉而更加激烈。

一个晚上，三姨叫我赶紧从大学回老家——母亲突然在下午打电话给她，交代了一些莫名其妙的话："你交代黑狗达，现在欠人的钱，基本还清了，就木匠蔡那还有三千，无论发生什么事情怎么样都一定要还，人家是帮助我们。他父亲每天七点一定要吃帮助心脏搏动的药，记得家里每次都要多准备至少一个月的量,每天无论发生什么事情,一定要盯着他吃;他姐姐的嫁妆其实我存了一些金子,还有我的首饰,剩下的希望她自己努力了。"

我赶到家,看到她面前摆了一碗瘦肉人参汤——这是她最喜欢吃的汤。每次感觉到身体不舒服,她就清炖这么一个汤,出于心理或者实际的药理,第二天就又全恢复了。

知道我进门,她也不问。

"你在干吗?"先开口的是我。

她说:"我在准备喝汤。"

我看那汤,浓稠得和以前很不一样,猜出了大概。走上前把汤端走。

我和她都心照不宣。

我正把汤倒进下水道里,她突然号啕大哭:"我还是不甘心,好不容易都到这一步了,就这么放弃,这么放弃太丢人了,我不甘心。"

那一晚,深藏于母亲和我心里的共同秘密被揭开了——在家里最困难的时候,想一死了之的念头一直像幽灵般缠绕着我们，但我们彼此都没说出过那个字。

我们都怕彼此脆弱。

但那一天，这幽灵现身了。

母亲带我默默上了二楼，进了他们的房间。吃饱饭的父亲已经睡着了，还发出那孩子一般的打呼声。母亲打开抽屉，掏出一个盒子，盒子打开，是用丝巾包着的一个纸包。

那是老鼠药。

在父亲的打呼声中，她平静地和我说："你爸生病之后我就买了，好几次我觉得熬不过去，掏出来，想往菜汤里加，几次不甘愿，我又放回去了。"

"我还是不甘心，我还是不服气，我不相信咱们就不能好起来。"

那晚，我要母亲同意，既然我是一家之主，即使是自杀这样的事情也要我同意。她答应了，这才像个孩子一样，坐在旁边哭起来。

我拿着那包药，我觉得，我是真正的一家之主了。

当然，我显然是个稚嫩的一家之主。那包药，第二周在父亲乱发脾气的时候就暴露了。我掏出来，大喊要不全家一起死了算了。全家人都愣住了。母亲抢过去,生气地瞪了我一下,又收进自己的兜里。

接下来的日子,这个暴露的秘密反而成了一个很好的防线。每次家里发生些相互埋怨的事情,母亲会一声不吭地往楼上自己的房间走去,大家就都安静了。我知道,那刻,大家脑海里本来占满的怒气慢慢消退,是否真的要一起死,以及为彼此考虑的各种想法开始浮现。怒气也就这么消停了。

这药反而医治了这个因残疾因贫穷而充满怒气和怨气的家庭。

大三暑假的一个晚上,母亲又把我叫进房间,抽出一卷钱。

我们再建两层好不好?

我又想气又想笑。这三年好不容易还清了欠款,扛过几次差点交不出学费的窘境,母亲又来了。

母亲很紧张地用力地捏着那卷钱,脸上憋成了红色,像是战场上在做最后攻坚宣言的将军。"这附近没有人建到四楼,我们建到了,就真的站起来了。"

我才知道，母亲比我想象的还要倔强，还要傲气。

我知道我不能说不。

果然，房子建到第四层后，小镇一片哗然。建成的第一天，落成的鞭炮一放，母亲特意扶着父亲到市场里去走一圈。

边走边和周围的人炫耀："你们等着，再过几年，我和我儿子会把前面的也拆了，围成小庭院，外装修全部弄好，到时候邀请你们来看看。"一旁的父亲也用偏瘫的舌头帮腔："到时候来看看啊。"

然后第二年，父亲突然去世。

然后，再过了两年，她在镇政府的公示栏上看到那条线，从这房子的中间切了下来。

"我们还是把房子建完整好不好？"在镇政府回来的那条路上，母亲突然转过身来问。

我说："好啊。"

她尝试解释："我是不是很任性，这房子马上要拆了，多建多花钱。我不知道自己为什么一定要建好。"

她止不住号啕大哭起来："我只知道，如果这房子没建起来，我一辈子都不会开心，无论住什么房子，过多好的生活。"

回到家，吃过晚饭，看了会儿电视，母亲早早躺下了。她从内心里透出的累。我却怎么样也睡不着，一个人爬起床，打开这房子所有的灯，这几年来才第一次认真地一点一点地看，这房子的一切。像看一个熟悉却陌生的亲人，它的皱纹、它的寿斑、它的伤痕：

三楼四楼修建得很潦草，没有母亲为父亲特意设置的扶手，没有摆放多少家具，建完后其实一直空着，直到父亲去世后，母亲从二楼急急忙忙搬上来，也把我的房间安置在四楼。有段时间，她甚至不愿意走进二楼。

二楼第一间房原来是父亲和母亲住的，紧挨着的另外一间房间是我住的，然后隔着一个厅，是姐姐的房间。面积不大，就一百平方米不到，扣除了一条楼梯一个阳台，还要隔三间房，偏瘫的父亲常常腾挪不及，骂母亲设计得不合理。母亲每次都会回："我小学都没毕业，你当我建筑师啊？"

走进去，果然可以看到，那墙体，有拐杖倚靠着磨出来的刮痕。打开第一间的房门,房间还弥漫着淡淡的父亲的气息。那个曾经安放存款和老鼠药的木桌还在,木桌斑斑驳驳,是父亲好几次发脾气用拐杖砸的。只是中间的抽屉还是被母亲锁着。我不知道此时锁着的是什么样的东西。

我不想打开灯,坐在椅子上看着父亲曾睡过的地方,想起几次他生病躺在那儿的样子,突然想起小时候喜欢躺在他肚皮上。

这个想法让我不由自主地躺到了那床上,感觉父亲的气味把我包裹。淡淡的月光从窗户透进来,我才发觉父亲的床头贴着一张我好几年前照的大头贴,翻起身来看,那大头贴,在我脸部的位置发白得很奇怪。再一细看,才察觉,那是父亲用手每天摸白了。

我继续躺在那位置把号啕大哭憋在嘴里,不让楼上的母亲听见。等把所有哭声吞进肚子里,我仓促地逃离二楼,草草结束了这趟可怕的探险。

第二天母亲早早把我叫醒了。她发现了扛着测量仪器的政府测绘队伍,紧张地把我拉起来——就如同以前父亲跌倒，她紧急把我叫起来那无助的样子。

我们俩隔着窗子，看他们一会儿架开仪器，不断瞄准着什么，一会儿快速地写下数据。母亲对我说："看来我们还是抓紧时间把房子修好吧。"

那个下午，母亲就着急去拜访三伯了。自从父亲去世后，整个家庭的事情，她都习惯和三伯商量，还有，三伯认识很多建筑工队，能拿到比较好的价钱。

待在家里的我一直心神不宁，憋闷得慌，一个人爬到了四楼的顶上。我家建在小镇的高地，从这房子的四楼，可以看到整个小镇在视线下展开。

那天下午我才第一次发现，整个小镇遍布着工地，它们就像是一个个正在发脓的伤口，而挖出的红土，血一般地红。东边一条正在修建的公路，像只巨兽，一路吞噬过来，而它挪动过的地方，到处是拆掉了一半的房子。这些房子外面布着木架和防尘网，就像包扎的纱布。我知道，还有更多条线已经划定在一座座房子上空，只是还没落下，等到明后年，这片土地将皮开肉绽。

我想象着，那一座座房子里住着的不同故事，多少人过去的影子在这里影影绰绰，昨日的悲与喜还在那儿停留，想象着，它们终究变成的一片尘土飞扬的废墟。

我知道，其实自己的内心也如同这小镇一样：以发展、以未来、以更美好的名义，内心的各种秩序被太仓促太轻易地重新规划，摧毁，重新建起，然后我再也回不去，无论是现实的小镇，还是内心里以前曾认定的种种美好。

晚上三伯回访。母亲以为是找到施工队，兴奋地迎上去。

泡了茶慢慢品玩，三伯开口："其实我反对建房子。"

母亲想解释什么。三伯拦住了，突然发火："我就不理解了，以前要建房子，你当时说为了黑狗达为了这个家的脸面，我可以理解，但现在图什么？"

我想帮母亲解释什么，三伯还是不让："总之我反对，你们别说了。"然后开始和我建议在北京买房的事。"你不要那么自私，你要为你儿子考虑。"

母亲脸憋得通红，强忍着情绪。

三伯反而觉得不自在了："要不你说说你的想法。"

母亲却说不出话了。

我接过话来："其实是我想修建的。"

我没说出口的话还有：其实我理解母亲了，在她的认定里，一家之主从来是父亲，无论他是残疾还是健全，他发起了这个家庭。

事实上，直到母亲坚持要建好这房子的那一刻，我才明白过来，前两次建房子，为的不是她或者我的脸面，而是父亲的脸面——她想让父亲发起的这个家庭看上去是那么健全和完整。

这是母亲从没表达过，也不可能说出口的爱情。

在我的坚持下，三伯虽然不理解，但决定尊重这个决定。我知道他其实考虑的是我以后实际要面对的问题，我也实在无法和他解释清楚这个看上去荒诞的决定——建一座马上要被拆除的房子。

母亲开始奔走，和三伯挑选施工队，挑选施工日期。最终从神佛那儿问来的动土的日子，是在一个星期后——那时我已经必须返回北京上班了。

回北京的前一天下午，我带着母亲到银行提钱。和贫穷缠斗了这大半辈子了，即使是从银行提取出来的钱，她还是要坐在那儿一张张反复地数。清点完，她把钱搂在胸前，像怀抱着一个新生儿一样，小心翼翼地往家里走。

这本应该兴奋的时刻，她却一路的满腹心事。到了家门口，她终于开了口："儿子我对不起你，这样你就不够钱在北京买房子了吧。"

我只能笑。

又走了几步路，母亲终于鼓起勇气和我说了另外一个事情："有个事情我怕你生气，但我很想你能答应我。老家的房子最重要是门口那块奠基的石头，你介意这房子的建造者打的是你父亲的名字吗？"

"我不介意。"我假装冷静地说着，心里为被印证的某些事，又触动到差点没忍住眼泪。

"其实我觉得大门还是要放老房子父亲做的那副，写有你们俩名字的对联。"

然后，我看见那笑容就这么一点点地在她脸上绽放开，这满是皱纹的脸突然透出羞涩的容光。我像摸小孩一样,摸摸母亲的头,心里想,这可爱的母亲啊。

同事的邀约,春节第一天准时上班的人一起吃饭庆祝。那个嘈杂的餐厅,每个人说着春节回家的种种故事:排队两天买到的票、回去后的陌生和不习惯、与父母说不上话的失落和隔阂……然后有人提议说,为大家共同的遥远的故乡举杯。

我举起杯,心里想着:用尽各种办法让自己快乐吧,你们这群无家可归的孤魂野鬼。

然后独自庆幸地想,我的母亲以及正在修建的那座房子。

我知道,即使那房子终究被拆了,即使我有一段时间里买不起北京的房子,但我知道,我这一辈子,都有家可回。

桃花 青团

安意如

——

私家标签： 文字修行、避世之心、无常远游、隐居自在、诗茶相契、西藏云南。

代表作品： 《人生若只如初见》《陌上花开》《美人何处》《世有桃花》等。

桃花开放的时候，我又吃到了青团。

这清明的食物，在多雨的江南吃到，别有情味。

那天在东栅。街上正游荡，闻到一阵食物的香味，看到街边一家店，正端出一笼青团。圆圆的，乖乖的样子。冒着腾腾热气，像是在对我微笑招手，我就走不动道了，眼巴巴瞧着。

企图太明显了。朋友说，你刚吃过饭，我执着地摇头。我似乎能感觉到饱满的青团里面活泼的豆沙馅在欢快流动。它们正召唤着我的亲吻。

他说。好吧，我去给你买。要几个？

我伸出一根手指，喜笑颜开地说，一个。

一个，一个就可以了，一个小小青团，一口咬下就能牵连起我童年所有的温暖。我不是要吃，我要的，只是回忆的味道。

我的外婆是个厨艺很拙的人。她做家常菜很好吃，可是做点心就基本不会。为此我很失意，因为得不到，越发坚定了点心比主食好吃的信念，馋嘴的习惯，对美食的贪恋，大约就是那时孕育的吧。我的记忆中，她米糕做得好吃，和面的时候往里面加了甜酒。蒸出来，撒上一小撮桂花，还没出锅就甜香四溢。好幸福的味道。

再有就是青团。早上从河边摘来嫩艾草。那时候没有榨汁机，就放在锅里蒸，加入一点石灰水，直到蒸烂了。小时候没有耐心，长大了才懂得，等待和被等待都是很奢侈的事情。无论是人、食物，还是物件。你等待它起变化，最终成为你要的那个样子的过程是很悠长的。缓慢变化的过程中，你的心也在悄悄起伏，微妙地起了感应。

蒸好之后，要拿细白的纱布小心包起来，仔细地过滤掉叶渣，我对这种安静的仪式特别着迷。看清汁一滴滴流进碗里，凝聚成一小碗精华。那被包裹丢弃在一旁的艾草，又让我觉得难过、惋惜。它就好像是为我牺牲了，而这一小碗绿水，就是它一生全部的眼泪，人的眼泪是透明的，植物的眼泪是有颜色的，藏着它还没来得及对我说的秘密。

外婆在忙碌着，做青团要准备馅料。猪油的，豆沙的，芝麻的，山楂的。馅料的香味，变化多端的白色水气

迅速转移了我对不幸的艾草的悼念。我喜欢吃豆沙和山楂馅的,这两种味道都浓郁清淡,游刃有余。猪油就太油腻了些,芝麻又稍显浓稠,霸占着味蕾,好似不让你记得不罢休,我喜欢情深却不那么痴缠的东西。

要洗干净手。手心残存一点湿意,糯米温柔地覆盖过来,将馅料安放在里面,像安抚它们睡去那样温柔地掩藏起来，温存地搓揉。我最喜欢这个过程，一个年少时的我，被允许踊跃参与的部分。

看似轻松，却要用心。不可放多，不可放少。也不可急躁。

生死之间的奥秘，人的一生都在参悟着。艾草借着和糯米豆沙的融合重生了。当它经历了水和火的洗礼，重生为碧绿如玉、芳香柔软的青团。

来年外公的忌日，我要为他亲手做一碟青团。也许就用桂花吧，我亲手种下的桂花。

暖暖的青团握在手里，似故乡的明月，似回忆的苍凉。

我不能忘记他老人家，但我甚少特意为他写下文字，将感情演变成文字的过程太伤人。我未曾刻意回避过，却不堪一再回忆的重负。我记得是外公教会我背第一首苏轼的诗《惠崇春江晚景》：

竹外桃花三两枝，春江水暖鸭先知。

蒌蒿满地芦芽短，正是河豚欲上时。

我是在日本第一次吃到河豚，是朋友请客，席间言笑殷殷。第一口鲜美的河豚入口，我心里泪如雨下。我知他从未远离，他深藏在我心底。很时候，忙碌的我，忙碌得以为自己忘记了，他会在某个深夜回来看我。

每一件细小的事情，只要和他、和我们的曾经相关，仍会牵连我。那天，我坐在临河的露台上晒太阳，坐在幼时常见的那种小藤椅上。

一直对太过喧闹的环境厌烦，对陌生人亦有隐约抗拒。但看见老人，心存亲近。人在孩童时，生活单纯，性格未经磨砺，不露棱角，与人与己均无计较；及至年长，在千丝万缕、错综复杂的社会关系中历练，渐渐锋芒毕露，棱角分明；唯有临到老来，一生所求所望差不多俱已到手，即使心有缺憾，却乐天知命，心态转为慈和，棱角又自行磨折消退。到此时，心境思想又是另外一番天地。

他高高的身影、清瘦的面容,在我的眼前出现,在这么多人中间,我依然轻易地看到他。他看着我,伸出手,宽大、瘦、温暖、有力。我站起来,决定和他一起走。

南方的夏天,有充沛的雨水,每年如期而至的汛期。很小的时候,是很喜欢涨水的,觉得满大街汪汪混浊的水,每个人都湿漉漉地在水里奔来跑去,景象可爱而新奇。自己可以堂而皇之坐着木盆,在自家的厅堂院子里划船,玩得不亦乐乎,大人也顾不上管。

退了水以后,他带我到河边去,玩沙子、淘各色漂亮石头、捉癞蛤蟆煮汤。夕阳把河水浣成一道金色的纱,华丽夺目。他站在河边看着我,对我微笑。

我骑的那辆小车,那些画本诗集,一首一首的唐诗宋词——"人间四月芳菲尽,山寺桃花始盛开""停车坐爱枫林晚,霜叶红于二月花""缺月挂疏桐,漏断人初静""拂墙花影动,疑是玉人来"……

他说家乡的黄梅小调悠美婉转,是我们特有的灵韵,我就学,是七岁。我听见自己唱的"郎对花,妹对花,一对对到田埂下"。他于是欣慰满足到不可言喻。

那样晦涩暗淡的童年，因为他，我从没有觉得寂寞。在那条小路，他牵我的手，带我回家。

他在年老的时候，听力衰退得厉害。刚开始会偶尔听不见身边略小的声音，而后越来越严重，最终近乎失聪。因他是不可以戴助听器的，只能一个人留在那片深海里。

我不知道他如何面对如此巨大的寂静，会如何地恐惧。

他是寂寞的，却依旧宽和，对任何人都是如此。我不知道他的爱，为何会如此绵长，不计代价，惠泽到身边的人。他死时，有法师从九华山下来，为他超度，覆上陀罗尼被。法师说他前生是佛门中人，能受此功德。我是相信的。轮回或许虚无，他的爱和恩慈，却是真切的事实。

他渐渐地走了，留我一人独自与虚无记忆对抗。空间时间的错位，太强烈的疏离感，我感到深不可测的倦怠。后来我自己读佛经，知道一些善良的人，生前经受病痛折磨，是犹如涅槃般地重生，偿清了最后一点未知罪孽，带着清静的灵魂飞升。如是才释然许多。

他躺在阳台的藤椅上,看着书。我坐在他身边,帮他捶腿,有时握着他的手。我在他脸上依稀可以搜寻到清晰的线条,确定他年轻时必是一个英俊的男人,到老依然很有魅力。

他坐在我旁边,翻着一本《金刚经》:"一切有为法,如梦幻泡影,如雾亦如电,应作如是观。"心似被轻敲,我闭上眼,记下这首偈子。

黄昏时起风了,我说回房吧,他笑着答应。我拿走他的佛经,不让他过于沉迷。等他躺下,我为他掖好被角,在床边待他安睡。在黑暗中触到他的手,宽大粗糙,厚重的暖意。别过脸去,脸庞湿润。

我知这世上诸法无常,灵魂寄居于易朽皮囊。若有一日,连他也如梦幻泡影,我还有什么割舍不下?明知他一天一天离我远去,我就是心恋尘缘,不甘放下。于我而言,不管他逝去的过程多缓慢,对我都是遽然的事。

外公死后,眼泪变得稀少。想流的时候,一滴也无,却总在不经意时有流泪的冲动——它似已渐渐脱离我的掌控，有自主的意味。

我看见许多和他相似的老人，只要神情气质有一丝相似，我就恋恋不舍。我在那些人的身上找寻他的气息，却愈发确定他不会再回来。

我发觉我在做很绝望的事情。对他的记忆潮水一般涌来，我只能后退。于是，在初春的清晨，在微醺的阳光下，我对着潋滟的河水，泪流满面。

许多人问我，你自觉是个幸运的人吗？我说是。他们问我，那你有什么遗憾吗？我想了想，是没有让外公放心，至他辞世之前我都未能自立。他为我的将来担忧，我知道。

我仍是在想，我还没来得及给他做过一餐饭。他总以为我是需要人照顾、长不大的孩子。他不知我能做温软的米饭，香甜的点心，我可以将他照顾得周全。

生活慢下来，时间的流动几乎不存在。一起坐在院子里，用春水煎茶、松花酿酒，一起留心观照四季，看桃花初夭、夏荷沐雨、桂子飘香。只要想起一生中后悔的事，梅花便落了下来。

我最想要的,不过是守着他,让他在我身边老去。只是,他离去的时候,我还来不及长成。

暗中的我,避世之心越来越强烈。我深知根源在他。他让我了解到人身微渺,功业徒劳。

怕失去小姐的故事

张皓宸
—

青年作家,写故事的人。生活另一部分交给插画与手写字。见字如面。

已出版作品:《谢谢自己够勇敢》《我与世界只差一个你》《后来时间都与你有关》《听你的》《你是最好的自己》《最初之前》。

我们终其一生，都在失去和得到中找寻平衡，如果年轻时，因为抱着对这个世界太多未知，而私心偏执于得到，那年老后，时间变得奢侈，没有太多的机会再拥有，所以往往在乎的，是不要失去。

怕失去小姐今年刚好五十岁。按她的话说，眼角的皱纹或是更年期的暴脾气都没让她觉得自己人生过了大半，当有一天得把近视眼镜摘下才看得清手机上的字时，才突然觉得自己老了。

怕失去小姐是个非典型射手座，特别不爱自由，人生似乎习惯按部就班，明明是女主角的命，结果老是把自己定位于一个跑龙套的，日子过得朴素又小心翼翼。问她为什么，她说这样挺好，但是要知道，年轻时的她，是那种烫着爆炸头身挎小香包，穿着高领衫连体裤的女人，还很像我小时候一度迷恋的一个TVB女演员。

只是后来，这个女演员成了古惑仔的夫人，怕失去小姐成了兔崽子的妈。

中国的家长都喜欢打击式教育，怕失去小姐也不例外，惯用"你看看你，再看看人家""就你这样今后肯定喝西北风""都是为你好"这种强盗逻辑跟学生时代的我打交道。为此我没少跟她闹别扭,印象中她没动手打过我,仅靠那一张唠叨的嘴和叨到高潮就在我面前掉泪的技能,就练就出我一身"真的好怕她"的本事。

怕她知道我看电视,于是拿风扇对着电视后盖吹,但她总能靠手掌测温度;怕她知道我期末成绩,于是伪造假的通知单,但她总能神奇地发现我藏在柜子书堆缝里的那份正版;怕她知道我早恋,于是每次出门都说跟兄弟去玩,但她总能恰到好处地在路上看见我偷牵妹子的手。

这场斗智斗勇的战役直到怕失去小姐跟我一起玩网游才停息,从扫雷入门,然后是《跑跑卡丁车》,最后到《梦幻西游》《魔兽世界》。最热血那段时间,我还把游戏改成小说,写在作业本上,怕失去小姐是我唯一的读者。我们这母子档绑定着闯江湖一绑就是好几年,不过想想每个伴着蝉鸣的暑假和手脚冰凉的寒假,陪自己在虚拟世界里飞扬跋扈的竟然是她,回忆也多了一份别样的趣味。

直到去市里上大学,我才第一次离开她身边。还记得那天她在学校帮我铺好床,一直舍不得走,抓着我唠叨没完。被室友盯着抹不开面子，我有点不耐烦想赶她走，她最后留下一句话，让我一定要听她的，我以为她会说句让我红个眼的告别词，结果她说，买东西的时候，要学着露出一副不满意的脸。

她省吃俭用惯了，生怕我第一次独立生活不懂得计划消费，当然她太小看我了，没出半个月我就屁颠屁颠滚回家讨钱了。怕失去小姐皱着眉头问我，给你这么多生活费呢，都花在哪儿了，我一一列举事无巨细。她摇了摇头，叹口气说道，今后看来你买东西的时候，必须诚恳地露出一副买不起的脸。

大三下学期，身边好多朋友都出国读研，大抵是因为虚荣心作祟，我也跟怕失去小姐提了出国的想法，没想到她算计了几天竟然答应了。当时家里的条件并不宽裕，我们最后决定去研究生一年速成的英国。等我考完雅思的时候，怕失去小姐说她好像才反应过来我要离开她这件事。恕我不孝，其实那会儿我心里挺雀跃的，但我后来并没去英国，不过最后的场景，也是我拎着行李箱在机场跟怕失去小姐道别，目的地是北京。

因为临时有个出书的机会，于是在继续当学生和成为"作家"的选项里，我毫不犹豫选择了后者，甚至还洋洋洒洒写了三千多字的长信跟怕失去小姐解释，让她也支持我的决定。

她明白我的偏执，所以知道再多的劝解也无用，让我走，就是最好的洒脱。

我在北京这三年一路奔波，每一刻都闲不下来，我们保持两天一通的电话，有时聊得深了，她会没理由感性一下，说我不在身边，真的有点不习惯。听她声音渐渐有了哭腔，我就赶紧找一个新的话题挑拨情绪。有时候，她的想念会变成甜蜜的负担，怕自己在这座充满机会的城市稍微一个恻隐之心，就坚持不下去，哭着回头。但还好，我都挺过来了。

第一年国庆假期回成都的时候，怕失去小姐带我去吃火锅，她煞有介事地把手机递给我，说她拍了张自拍，结果我差点把手机掉到牛油锅里。那张自拍上的怕失去小姐把头发梳在一边挡住半张脸，然后穿着开口极低的碎花裙，非常妩媚地朝镜头一嘟嘴。我问她，有事吗。她害羞，你们年轻人不都这么自拍！我反唇相讥，东莞的年轻人吗。

从此以后，她隔三差五就会发各种自拍给我，后来进化到直接对着镜子拍她新买的衣服裙子，问我一大堆意见，说是如果不好看淘宝可以七天无理由退货。这点我还挺欣慰的，至少我这位怕失去小姐不用教，就自然掌握淘宝这一必备生存技能。

怕失去小姐有一个二十多年的闺蜜，从职高到工作单位形影不离。但有一天她给我打电话，聊到闺蜜突然就哭了，说是因为自己升了小组长，工资高了些，那位闺蜜就当着领导的面埋汰她，后来也不理她了。我听完唏嘘不已，原来假朋友这种生物存在于各个年龄段。任凭我如何劝，她都哭不停，抽泣着说，就觉得挺为自己不值的，感觉花了一辈子时间才看透一个人。

也是那一刻，我好像突然有点理解她了。一生甘于做一个幸福的路人甲，为一点小事开心，为一点小事皱眉，其实也是一种求之不得的安全感。所谓怕失去，是不想再花时间给新的人、事从头交代自己的人生，也因为觉得自己拥有的已经足够好了。

这件事之后，怕失去小姐更依赖于跟我聊天，不过我很庆幸我们没有因为生活圈子的不同而陷入话题瓶颈。有时她一个电话打过来，还会跟我聊起最新上映的电影。我家在成都的郊区，去最近的电影院需要来回坐一个多小时的地铁，她说她周末无聊了就一个人搭地铁去看场电影，用团购券很划算。我说她过得还挺小资，按她以往能省则省的性子，多半都是在电视盒子上看看作罢，或者干脆就跟三姑六婆在麻将桌上血战到底。

她特别嘚瑟，说她其实已经适应我不在她跟前的生活了。

算她厉害。

今年回成都签售的时候，怕失去小姐待在角落全程看我做采访签书，忙碌一天后，我们开车回家，车上她突然说，你要是哪天觉得累了就停下来吧。在我眼里，你已经很成功了，即使你现在只是个上班族，也是成功的。很多年前就是了。

那天我没告诉她，我偷偷红了眼眶。

怕失去小姐的微博上我是特别关注,手机桌面是我的照片,天气APP上只有北京的天气,跟我没关系的事,她做不到。五十岁以前的她还有自己的生活,五十岁以后的她好像只有我,但她并没有告诉我。

就像《三国杀》很流行时,我们一人霸占一台电脑玩得不亦乐乎,但我走后她的级数却一直停在那里。其实她早就不喜欢玩游戏了,或者直接一点说,她玩游戏、看电影、给我发自拍发鸡汤,不过是因为想笨拙地去接近我现在的生活,不让我们变得尴尬又生分,好让我不要在专注于得到的年纪,忘了她这个已经只在乎失去的老太婆。

起笔这篇文章的时候,怕失去小姐给我发来了一段短视频,是一个外国阿婆准备吹生日蜡烛,结果把假牙吹出来了,自己不好意思地捂嘴大笑。怕失去小姐说,今后如果我吐了假牙,你可不能笑我。

想想本以为时间是最保险的财富,但其实是有心机的怪物,根本容不得我们做多少事,就感觉人生似乎快看到头了。我知道,要到分开那一天大家都挺难的,我们都在老,只是她老得比较快,所以有时她才会把自己不能做完的事，凝练成无数句唠叨。而那些没有归属的字句，我可能左耳进右耳出都忘了，但她却无时无刻不在为我做，从不只是说说而已。

我们越来越急躁，愿意为家人付出时间和耐心却越来越少，辛苦那么久，一心想拯救世界，却忘了回家帮他们洗个碗。

有一个问题困扰我很久，为什么每次我淹没在人海里，怕失去小姐总能第一眼分辨出我，无论是大家穿着一样的校服从小学校门蜂拥而出，还是大学时一两百人的毕业合影，甚至工作后她来机场接我，她都能知道我从哪个门出来。

我百思不得其解。

后来我问过她，我永远也忘不了她当时的反应，只见她愣了一下，说，感觉，感觉我儿子就在这里。

我爸,我妈

陆庆屹

——

1973年生于贵州独山。十五岁离家,曾做过足球运动员、歌手、矿工、摄影师,现为独立电影制作人。他耗时六年完成导演处女作《四个春天》,记录下家乡年迈父母寻常生活中的诗意。无论影像还是文字,他观察日常,却能剥离日常中的庸碌琐碎,为平凡的人与事赋予温度与质感。

我爸

我爸做什么事都悄无声息的。比如,睡觉前他会不声不响地去每个人房间打开电热毯,然后下楼和我们坐一会儿,所以家里人的被窝每晚都是暖烘烘的。吃完饭,稍不留神,他已经偷偷在洗碗,我过去抢,他一摆手:"哎呀,你进去你进去,谁洗不是洗,洗好就行了。"再比如,有了你喜欢的食物,他看似不经意地把东西放在你面前就去做其他事了,什么都不说。哪怕这也是他最喜欢的,只要你爱吃,他就一口都不动,全都留给你。若是生病了,谁也不告诉,自己恹恹地去买药,病容却是掩藏不住的,我小时候曾见过他发高烧时往自己屁股上扎针。他不愿意让人担心,更不喜欢麻烦人,哪怕是自己的孩子。

爸玩心很重,所有爱好都是自娱自乐。首先是音乐,中西乐器照单全收,吹拉弹唱都懂一些,细数下来,能摆弄二十来种乐器;其次是爬山,我爸看起来弱不禁风,却是条硬汉,爬起山来我都不是对手;还有足球,这两年受我影响,他对"曼联"也熟悉起来,时常在晚上给我来电话或者短信聊比分赛况。除此之外,他还有一项乐趣,就是不声不响坐在一边笑眯眯地听我们聊天。

若说起我爸细碎的爱好,就更多了,比如摄像和制作视频。每次出门,不管多麻烦,他都会带一部小DV,东拍拍西拍拍,回家剪成完整的视频,配上音乐和字幕,自己左看右看,很得意。后来哥给他买了可以摄像的卡片机,用着就更方便了。退休前,爸在师范学校教物理和音乐,也非常热爱地理。客厅墙上挂着的中国地图和世界地图上,很少有他不知道的地方;各国各地的地貌、矿产如数家珍;对自然风光更是钟爱有加,看到漂亮的风景照,脸上就不由得泛起特别温柔的笑容,轻轻摇晃脑袋,啧啧赞叹。

父母都是动手能力极强的人，天生喜欢劳动，不知道累。早年下放到乡下，在那个被世界遗忘的镇子里，没有煤炭柴火，煮饭都成问题，其他人唉声叹气愁眉苦脸，爸妈却不当回事，一人背着一把柴刀便上山砍柴，有时候要走十来里路。我家后门紧挨着山脚，授课之余，父母到镇上铁匠铺借来两把大铁锤，打开后门，抡起大铁锤就劈石开山，生生辟出两块平整的空地。再到两里地外的洞口村挖黑泥，挑着担子一趟一趟地运回来，终于屯出两块土地。种上白菜、小葱等容易生长的蔬菜，不久之后，家里就有菜下锅了。后来，父母还养鸡养鸭，家里的伙食渐渐得到改善。得空时，再跑几趟洞口村，挑来厚土壅在菜地边，种下三棵李子树和几株葡萄苗，几年之后半山都是葡萄藤，中秋时收获了葡萄，全校师生一起享用。父母的生命力都极旺盛，没有什么能难得住他们，想到什么事就去做，从不抱怨抗争，似乎生活本应是这个样子。这大概是那些年的艰苦生活留给他们的财富。

学校有的老师闲暇时喜欢聚在一起抽烟喝酒，但我爸天生装有"防火墙",百毒不侵,乌七八糟的东西一概屏蔽。他不和人过多来往,也没什么需要向别人倾诉的心事。也许我妈是他唯一的知己。

爸对历史没有兴趣,说那些都是写出来的,没有真凭实据,也太遥远;他喜欢科学,看得见摸得着。但奇怪的是,他从不阻拦我妈迷信,尽管多年来家里因此花了不少冤枉钱。我妈在现实世界里是出名地彪悍,大义凛然,一身正气,但在神神怪怪的虚无领域中,却像只战战兢兢的蚂蚁。她想知道过世的亲人在阴间过得好不好,也想知道我们一家有什么劫难,该怎么化解。爸虽觉可笑,却无二话,我问他怎么不把妈拉回科学的路上,爸咧嘴一笑:"你看她是听得进别人话的人吗?管她咯,等折腾烦了,自然会停下来。只要不影响健康,怎么都行。"实在看不过去时,他就笑一笑摇摇头,转身出门,怕妈看到他的嘲笑不高兴。我虽觉得爸有放任之嫌,对我妈在迷信路上越陷越深负有一定责任,但也从他身上看到了"无怨无悔"这个词最真切的含义。这辈子,我从未听他说过一句抱怨的话。

最让人佩服的是，我妈外出前交代哪天要供奉哪位神仙或先人，爸都会一丝不苟地照办。我妈有位早已过世的刺绣师父蒋婆婆，逢年过节是一定要供的。蒋婆婆生前吃素，供品当然也必须是素食，我爸会认认真真地刷洗盛放供品的锅碗，一星油花都见不着。甚至烧哪种香，点什么烛，怎么烧，怎么挂，他也毫不马虎，比我妈在家时还用心。事后他自己也觉得有些好笑地说："死都死了，哪里知道那许多，你妈真是……"后面的话虽没说出口，但我知道是想赞许妈的赤诚之心。我回说："那你还这么认真。"他说："这不都答应你妈了嘛……"我想，在我所知的人里，他是最问心无愧的一个吧。若换作我，怎么都不可能做到他那样。

在我看来，在家庭中，我爸的角色是完美的，不管对孩子还是伴侣，他理性和感性的投入都是毫无保留的，甚至会感染身边的亲朋。至少于我来说，如果做了错事，面对他，会感到羞愧，无地自容。所以，在深陷泥潭的少年时期，尽管我初生牛犊不畏虎，也没做过太出格的事，总有一种无形的约束力，让我在即将失控的时刻，得以抽身。或许，这就是爸的慈悲和奉献给予我的力量。

最近，我爸迷上了吉他，兴致勃勃地让哥帮他找曲谱。我知道，春节时又能看到他演奏一种新乐器了。虽然每样乐器的演奏水平都不高，但为此陶醉。这样一个沉醉在精神世界里的人，他和他的生活本身就是一种艺术，至于笔画和音准是否精确，丝毫不影响作品的成色和价值。

我妈

我妈天生暴脾气，见不得不平事，眼睛一瞪，路灯都要黯淡几分；又争强好胜不服输，眉头下从没写过"困难"二字。外公生前逢人就说：这丫头投错胎了，要是个男娃就刚好！

我家在贵州南部的一个小县城。十年前，姐到沈阳工作，那时家里穷，坐火车属于巨额花费，爸妈想去看看女儿很不容易，一般春节才能团聚。后来，我姐在公司当了领导，收入涨了，想让爸妈直接从贵阳坐飞机到沈阳，爸晕车很严重,不知道晕不晕飞机,大家都不敢打包票,便让我妈当探路先锋。

妈爱女心切,出发前一个月便开始发愁,愁怎么才能把家里那么多好东西都搬过去,腊肉、辣椒面、干香菇、千层底布鞋、盐酸菜、鲜花椒,都是我们那儿的特产。

妈有一手好厨艺,对外面的吃食从来不屑一顾,去看女儿肯定也想尽可能多地带些自制美食,这非常符合我妈的倔牛脾气。我姐呢又有强烈的江湖气,好东西从来藏不住,一定会到处嘚瑟,一被问起马上就说是我妈种的、我妈做的……想来我妈也一定有借此炫耀一下的小心思。

坐飞机去看女儿是大事,亲戚朋友闻风而来,每家都让我妈捎去些礼物,聊表心意。一件两件便罢了,但二三十家的"心意"放一起,甚是壮观,我妈愁上加愁了。爸提议说:"那就只带些要紧的吧。"被她臭骂一通,一把鼻涕一把泪地诉说女儿离家的悲苦,手里抓起这个问:"沈阳有吗?"又抓起那个:"沈阳有吗?"我爸想想说:"估计没有。"妈横他一眼,越说越坚定了自己的见地：那蛮荒之地什么都没有，女儿这些年受苦了！好东西必须都带过去，让她享受享受！

"再累也要带过去！"这是我妈的原话。但家里没有足够的袋子，连买菜的塑料提篮都用上了，仍然不够。还是我爸思路开阔，想到了一个法宝——床单，这东西的装载量相当可观，老家亲戚送来的土布、大楠竹笋、河鱼干，通通收入囊中，四个角一收，系上结结实实的疙瘩，搞定！

收拾完一看，傻眼了，大包小包堆了半屋子。

后来我问爸妈怎么把这些东西搬上火车的，他们只轻描淡写地说了句："单车推几趟嘛。"我想象不出，但可以肯定，这绝对是一项浩大的工程。到了贵阳，大舅和他的朋友过来帮忙，把半屋子行李运到机场，办托运的场面想想也知道有多壮观。

登机时出了点意外，因为大舅也没坐过飞机，不知道飞机上提供餐食，也忘了飞机远远快过火车。他一想到长旅漫漫，便给我妈准备了一大袋子吃的喝的，结果过安检时全被拦下扔掉了。说起这件事至今妈还心疼不已。几年前大舅去世，这更成了永远不能重来的遗憾，我妈一想起就掉眼泪。

除了几个大包，还有很多无法办理托运的零碎物品，多到一个人根本拎不过来，但我妈是身体棒又特别能吃苦的中国妇女，她用麻绳把好几个买菜篮子系在一起，随身带上了飞机。

我姐联系了两辆车接机，她说，当时妈就像一个移动的杂货铺，手上拎着各种篮子、袋子，肩上扛着箱子，左右胳膊上还都挂着晃来晃去的皮包，圆滚滚的一堆，嘀里嘟噜就出来了。头发被汗水打湿，东一片西一缕地贴在脸上，我妈根本顾不上，只是四处张望着找我姐，整个机场的人都在看……我姐赶紧扑过去帮忙，其中有两件行李硬是拎不起来，谁也想不到装了什么——是糯米粑，两大袋！不知道我妈是怎么搬上飞机又怎么弄下来的。我姐顿时眼泪奔涌，跌坐到机场的地上哭了起来。我妈莫名其妙，问她是不是拎东西伤到手了，我姐一听，哭得更大声了。

和姐一同来的几个同事被惊得愣住，过了好一会儿才忙不迭地接过行李，搀扶起我姐。

跌跌撞撞来到停车场，放行李的时候才发现，两辆车根本塞不下，不得已又叫了一辆出租车……后来这事在我姐公司传为美谈，一说到我妈，人人都竖大拇指。

细细想来，真是又好笑，又心酸。

慢慢告别

邓安庆

—

1984年生,湖北武穴人。曾游荡于多个城市之间,从事过多种不同职业,现居北京。

已出版:《纸上王国》《柔软的距离》《山中的糖果》《我认识了一个索马里海盗》《望花》等多部著作。

擅长描述日常生活的肌理,在年轻读者群体中影响颇大。

每一次回家都像是一次告别。母亲做饭的时候，我拍照。父亲看电视的时候，我拍照。侄子们贴在墙上的卡片，我也拍照。我初中写的作文本，装满辣椒的提篮，晒在阳台上的芝麻，黄昏时骑车去长江大堤上看在远山处落下的太阳，我都给拍下来。母亲问："拍这么多做么事？"说话时，她把炒好的菜端到桌子上，我又拍了一张。过去，我觉得时间长得不能再长，就像是暑假无事睡在竹床上，听门外知了一声一声叫个不停，时间像是满溢的水一般淹没了我，而现在我却觉得一切我熟悉的，都在衰老和剥落。眼睛能看到的，比如说母亲脸上的皮肤不再像过去那般紧致了，手一揪就可以拉起来一些；再比如父亲，看电视看着看着就仰在沙发上睡着了，连呼噜声都没有……每次回家，我都默默地看着他们，他们走路、说话、吃饭、发呆，趁他们不注意，我都拍了下来。我知道我无法阻挡他们走向衰老的速度，哪怕我用钱买各种营养品给他们，都无法阻挡。

在北京，坐在公交车上，看到一位六十多岁的奶奶带着孙女上车了，车子很挤，那位奶奶紧紧拉着孙女的手,担心她摔倒。我赶紧把位置让给了她们,奶奶笑得很腼腆,说着含糊不清的方言,我明白她是感谢的意思。看着她们坐好,我别过头去,不忍多看。我忽然觉得内心那种疼惜之情泛滥,仿佛那就是我母亲,在这个陌生的大城市牵着她的孙子、孙女。她其实生活得很慌张,因为她什么都不会。不会普通话。不会坐公交。不会刷卡。可能过马路都要孙辈教她学会看红绿灯。我不由地把她们的生活都看成我母亲的生活。虽然母亲并不会来北京生活,她在老家带着孙子们。她在她熟悉的环境中,方言、柴垛、田地、池塘,都是从来不会有多少变化的存在。可是这些母亲熟悉的,对我来说逐渐陌生了。虽然我很努力地做到不断地吸纳细节,然而我与我出生的土地不再有血溶于水的那种感觉。这里发生了好多事情,我错过了。父母这些年来日复一日地生活,我也错过了。因为错过,所以父母的衰老,对于我来说才这么直接明了地呈现在我眼前。

父亲的电动车破得很彻底,两面前视镜、仪表板都没有了,正逢着中秋国庆"以旧换新"活动,父亲决定去把旧车换成新车。这样的话,他接孙子们上下学就容易些。

哥哥开车，我坐在副驾驶的位置。父亲骑着旧电动车在前面带路，我不断拍父亲骑车的背影。哥哥说："爷气色看起来可以，活个八十岁没得问题。"我说："老娘今年看起来老好多。"哥哥点点头："老娘是平时看起来没得么子毛病，一旦病起来可能都来不及（抢救）的，就像家婆那样。"我们扯了很多。父亲几次心脏骤停，都是哥哥开车立马送到医院抢救的。这些发生时我在外地，事后很久我才知道。我们这样直接地说着父母离去的问题——我们已经到了要面对这个的时候了。

父亲。母亲。两个人。我在我的回家任务清单中，有这样一项：陪他们看看电视。母亲躺在床上，侧着脸对着电视；父亲在沙发上，手中拿着遥控器，嘴巴却张着睡着了。他们吃饭的时候还争执了一会儿。父亲说盖房子主要都是他在做，而母亲都只是洗洗衣服做做饭之类的小事情；母亲听了很生气，说那些拌水泥、挑水的工作都是哪个做的，没有她的后方支援，你还盖得了房子？两人都冷着脸不说话。我忙打圆场："好咯，好咯，你们两个哪个都离不开哪个，房子是你们两个一起盖的。"现在他们继续重复昨晚的事情：看电视。父亲要等天气预报，每回都是在晚上七点半。我说我上网一查就查到了，父亲还是要看。这是他这些年养成的生活习惯，他自己都不会意识到的。等天气预报播报时，他等不及，已经睡着了。

我看着他们。我一会儿看看父亲，一会儿看看母亲。他们将近四十年生活在一起，磕磕绊绊，一直到今。如果他们中间哪个离开了，另外一个该怎么办？当然我和哥哥会照顾，这个肯定没有问题。可是我们替代不了他们的关系。如果母亲先离开，父亲怎么办？他在家庭生活中，很少做家务，如果只有他自己了，他怎么面对呢？如果是父亲先离开，我却相信母亲会有条不紊地过着生活，是她这些年维系着家庭的日常。母亲对着父亲，琐碎唠叨，说他这个穿的衣服不对，说他连米放哪里都不知道，父亲就会闹小脾气不理会。可是他们终将要面临另外一个先走的问题。儿孙辈如何去弥补那种空缺呢？

我是自私的。让我回到家乡生活，我从内心里是不愿意的。我疼惜父母，我寄钱，我买东西，我做各种各样的弥补，可是我还是愿意在外地生活。我在看他们的时候，我终究还是要离开他们，继续我自己这些年来的生活。我可以在家里待个几天，吃吃母亲做的饭菜，跟父亲聊聊闲天，仅此而已。我是个客人。我不融入他们的生活，我也不牵涉到他们的琐细中去。我干干净净、清清爽爽地离开，每个周末打个电话问个平安。我再也不会尝试跟父母说我外面的生活是怎样的，他们理解不来。这种隔膜感，我们终究无法消除。但是依旧会疼惜，因为看得清这种局面，你抵抗不了时间，只能各自绑定在自己的生活之中。而他们将继续衰老，你将继续漂泊。

在家的那些天，母亲每顿饭都想着法子做好吃的，我说寻常菜就好了，她还是忙个不停。隔天要走了，母亲一会儿过来问："要不要喝香飘飘？要不要喝参汤？干鱼要不要带一些？"吃饭的时候，又说："在外面脚别架着，要放开。要懂礼貌。"我说："晓得晓得，我都这么大咯。"母亲笑笑："噢，我忘咯。"我一直不怎么敢看她的眼睛，偶尔碰到了，我赶紧挪开。她简直不知道该怎么对我好了，她一直在我身边走动，摸摸这个，看看那个。我问她："手还痛啵？"她说不痛。我又说："你看起来一直都没老。"她说:"是啊,你父亲看起来倒是老好多。"母亲做好饭,让我去叫父亲。推开房门,电视依旧在放着,父亲因为眼睛不好,看电视时坐得离屏幕特别近。叫了他一

声,他没答应。走近去看,他低着头睡着了。我拍了拍他的肩膀,他醒了过来,迷怔地看我,我说吃饭啦,他费劲地起身。去厨房时,他问我是不是明天走,我说是的。他点点头:"又要一年咯。"我喉咙一紧,没有说什么。

吃完饭,母亲在厨房洗碗,我在拍照。她看看我,说起一个细节:"上次你在房间里锁着门写东西。你细侄儿打门打不开,就跑过来跟我说这是他的屋子,为么子细爷不开门。"她把擦好的碗放下,又继续说:"虽说是细伢儿话,终究说出了些事实。他们毕竟只是你侄子,你还是需要有自己的依靠。等我和你爷不在世咯,你一个人么样办?"第一次听到母亲说离去的话,心里一阵生疼。如果平安的话,还有好些年我要过的是没有父母亲在世的生活,那是怎样的生活,我无法预知。我也不敢预知。

走的那天,母亲煮了十来个鸡蛋,因为知道我爱吃,又炖了鸡汤,炒了一桌子菜,我说吃不完,她说那也要吃。吃完饭,父亲看我说:"我找了一个画匠,帮我画了遗像。画得几好,你要看一下啵?"我忙说:"我不要看。"他笑了笑。电动车推了出来,母亲在后车厢放了个小板凳，我背着双肩包坐了上去。车子开动了，母亲和侄子们站在路口，向我挥手。我看了看大侄子一眼，他高瘦的个子，到了母亲肩头了，过不了几年，就是一个少年了。现在他九岁，当年我九岁时，父母也不在我的生活中，我逐渐学会了一个人去面对这个陌生未知的世界。他还好，有我的父母在。父亲把车子开到了公路上，我拿着相机不停地拍他的背影。他问："有么好拍的？"我说："你莫管。"他又说："去年我心口疼，吸不过来气，你哥把我送到医院去抢救，我又活过来咯。"我大吃一惊："我为么子一点儿都不晓得？"父亲又笑笑："这个有么子好说的？都过去咯。"我大声地说："出这样的事情，一定要告诉我。"父亲说好好好。

快到火车站时，父亲问了一句什么，我没有听清，他大声地说："你给你妈零花钱没有？"以前每次回家，我都会给母亲几千块的，这次我却没有。一分钱也没给。我说："都给我哥咯。"父亲嗯的一声："屋里实在是一分钱都没得咯，农药钱、种子钱都是欠的。"我忙说："等我发工资，立马给屋里寄。"父亲又问："你不能苦自己咯。"

我说:"没得事,我写稿有稿费。"父亲说那就好。到了火车站,离开车还有一个小时,父亲和我站在火车站广场上。我认真地打量父亲,他身子极瘦,背弓着,头发前额秃掉了,剩下的头发是花白的,脸色蜡黄,一看是生病很久的样子。我叫他,他疑惑地看着我。我让路人帮我们拍照,我紧紧搂着他的肩头,他乖乖地靠在我身上。一,二,三。再来一张。一,二,三。再来一张。父亲说:"好咯,拍这么多张做么子!"我说:"你莫管。"他又好脾气陪着我多拍了几张。拍完照,撵他走。天一点点暗下来了,我担心他回去太晚不安全。他说我:"你一个人在这里……"我推他走:"没得事,没得事,你快回去。"他不情愿地走了,上了电动车,转头,往车站外面的大路上开去,不一会儿就不见了。而我一下子像是失去了所有的力气,坐在地上,像个傻子似的哭得一塌糊涂。

曹安路

路明

——

物理学博士,大学教师,健身教练,资深背包客。

文质朴素,行者无疆。

自幼习作,文章发表于黑板报、《少年文艺》《收获》、Applied Physics Letters、"ONE·一个"APP 等。

已出版文集:《名字和名字刻在一起》。

这条路,一头连着上海最大的工人新村——曹杨新村,另一头连着上海的西大门——安亭,所以叫曹安路,是这座城市最长的路之一。时过境迁,几番改建,如今它不再通往曹杨新村,曹安路这个名字却保留了下来。

母亲的嫁妆是从这条路送走的。那是1981年的秋天,当时母亲还在安徽一家县级医院当医生。外公外婆执意要她先回上海,从上海的家中出嫁。外公说,嫁的是上海姑娘,不是安徽姑娘。一辆十吨的解放牌卡车披红挂彩,装得满满当当:樟木箱、梳妆台、衣橱、骆驼绒毛毯、红绸绿绸被子、描着"喜"的痰盂、蝴蝶牌缝纫机、凤凰牌自行车……外公外婆几乎倾其所有。他们要女儿嫁得风光,以后不受欺负。

卡车沿着曹安路一路开到安亭,过了江苏省界,停在一条小河边。父亲带了四五条船来迎接,如同梁山好汉。彼时,那个叫陆家的小镇,还是个名副其实的水乡。父亲身穿一套灰色西装,胸前别着塑料花,喜气洋洋,大声指挥着接亲的队伍。婚礼在小镇引发了小小的轰动,老街上长大的孩子,娶回了上海新娘。镇上的姑娘们成群结队地赶来瞧热闹，磨尖了眼，看看上海新娘子都有些啥嫁妆。

父亲母亲此前并没有见过面，只在信里交换过照片，抒发过各自的怀才不遇，结尾是：致以革命的敬礼。父亲是镇上中学的老师，这是母亲在众多追求者中选择了父亲的主要原因。母亲的偶像是苏联电影《乡村女教师》中的华尔瓦拉·瓦西里耶夫娜，她梦想进入复旦大学中文系，毕业后当一名瓦西里耶夫娜式的女教师。那一年在她插队的淮北农村，保送复旦大学"工农兵大学生"的资格在最后一刻被让给了别人，而她只能上一所当地的卫生学校。公社领导劝她"服从组织安排"，母亲哭红了眼睛，答应了。不答应又能怎样。几年后恢复高考，母亲一边值夜班一边复习，饿了啃窝头，用酒精灯煮山芋糊糊吃，每天睡两三个小时。考前一个月，急性肝炎发作，病危电报发到上海，向来严峻的外公流泪了。

在送亲的队伍里，唯一见过父亲的是我的舅舅。婚礼前两个月，舅舅受外公外婆之托，来小镇"侦查"过。他倒了两趟车到安亭，父亲划着船来迎接。两人接上头，小船穿过芦苇丛，滑向爷爷家的小院。一顿大酒，舅舅沉沉睡去。第二天,父亲安排拖拉机送舅舅去县城火车站,又给他买了回上海的软座车票。在打给安徽的电话里,舅舅把胸脯拍得震天响:阿姐,这个男人没问题!

小时候,去上海是件大事。母亲提前好几天就高兴,父亲则一直忙着张罗行李。编织袋里塞满了青鱼干、咸鸭蛋、酒酿、乡下人做的糕团,一只鱼篓里爬着甲鱼或大闸蟹,菜篮上静静地卧着一只鸡。我们走到小镇北边的汽车站,等待过路开往安亭的班车,四十分钟一班,很挤,车厢里弥漫着一股酸臭。到了安亭再换一部叫作"北安线"的公交,沿着曹安路开进上海市区。印象中,这条路一直在修,坑坑洼洼,漫天尘土,一车人在无休止的颠簸中昏昏欲睡,路边是连片的农田和灰蒙蒙的厂房。黄渡、封浜、江桥、真如……这些熟悉的地名一闪而过。窗外骑自行车的人越来越多,当看到曹杨新村密密麻麻的新公房,我就晓得,到上海了。之前的道路仿佛都不能算是上海。

1990年的某一天,父亲不知从哪里看到的消息,他神秘兮兮地告诉我,武宁路上开了家肯德基。后来知道,这是上海第二家肯德基(第一家在外滩和平饭店)。当时我上小学三年级,哪知道什么"啃的鸡",只晓得爸妈要带我去吃外国鸡了。

我们下了北安线,走不多远就到了。我依然记得那人潮汹涌的景象,每个柜台前都排着长长的队。母亲撇撇嘴说,像不要钞票的一样。

我们点了个套餐,二十块不到,里面有两块鸡(现在想想就是吮指原味鸡吧)、半根玉米、一份色拉、一份土豆泥、一包薯条、一个小圆面包。当时爸妈的月工资也就一百多。他们撕了一点鸡肉,两块鸡就都归我了。我狼吞虎咽地啃完,真香啊,好像从来没吃过这么好吃的东西。父亲老实惠地讲了一句:"下次只买鸡肉就可以了,其他什么家里都可以做的。就吃鸡,吃鸡最划算!"一直到了外婆家,我还沉浸在巨大的兴奋中,见人就嚷嚷:"今朝吃过肯德基了!"

后来,每次路过这家店,我都盼着父母再带我吃一次,只买鸡肉,不要土豆泥和色拉。我拉着母亲的手叫:"妈妈快看,肯德基!"她望向别处:"哦哦,吃过的呀。"就这样把我敷衍过去了。

每年的春节都在上海过，这是母亲嫁给父亲时提的条件。过完年要回去了，照例又是大包小包，凯司令的水果蛋糕、三阳盛的芝麻核桃粉、王家沙的糕团，还有整包的大白兔奶糖，都是在小镇买不到的东西。母亲一边整理一边唉声叹气，没劲啊没劲，年过完了。外婆指着母亲的鼻子骂，哭彻乌拉（哭哭啼啼）做啥，又不是回安徽插队落户，哪天想家了再来嘛。骂着骂着，自己流下泪来。

有一天我得知，流过小镇的这条吴淞江，原来就是苏州河上游，有一种很奇怪的感觉，仿佛和上海的距离一下子拉近了。我在这一头，外公外婆在那一头。我在上游打水仗，他们在下游倒马桶。

小镇上陆陆续续来了一些上海人，都是知青，差不多年纪，多少有点文化，来自云南、贵州、安徽、黑龙江等"广阔天地"。因为政策的原因回不了上海，于是想尽办法，要么调动工作，要么找个小镇上的人结婚，最终殊途同归，落脚在这个上海边上的小镇。当然，也带来了我的小伙伴们。

对于小镇上的知青子女，曹安路是我们共同的记忆，回上海的路就这么一条。我犹豫着该写"回上海"还是"去上海",就像我分不清哪里才是我的故乡。我们都坐北安线,都在一个叫陆家宅的地方下车,然后各自换公交去爷爷奶奶或者外公外婆家。因为小伙伴里有一个姓车的,大人们喜欢开玩笑叫我们"车匪路霸"。车匪的爷爷家在浦东。每次他从陆家镇出发,到陆家宅换车,再穿过浦西前往陆家嘴,单程六个小时。有时我气愤地想,肯定是"车匪路霸"这个名字叫坏了,导致我们整个童年都在无休止地赶路坐车。

在镇上的小学和中学,每个年级都有一两个"上海来的老师"。确切地说,不是上海来的,而是想回上海去,回么回不去。他们用普通话讲课,用上海话骂人。镇上的小孩子,我的林弟、金花、乡妹同学们,个个会说两句"侬哪能噶戆额啦"(你怎么这么笨)、"侬只黄鱼脑子"(你这黄鱼脑子),都是老师上课骂人的话。我跟车匪认真地讨论过,为什么骂人笨要骂"黄鱼脑子",而不是鲫鱼脑子或者胖头鱼脑子。

小镇素来富庶,据说三年自然灾害都没饿死人,正值八十年代末,乡镇企业和合资企业蓬勃发展,小镇居民更多了份底气。家长们下班后忙着吃老酒打麻将,小孩的读书便听天由命,读得好就读,读不下去也没什么,大不了去镇上几家中日合资制衣厂上班,工资不比当老师低。

只有那些上海知青们,自己回不了上海,便一心一意地指望子女回去,而且得是堂堂正正地考回去。不靠天不靠地不靠政策,靠自己,争一口气。他们在子女的教育上倾注了全部的心血,手段简单粗暴。知青家的男孩,三天两头因为读书问题吃生活(挨打)。澡堂里,我和车匪嘲笑着彼此身上的乌青,"竹笋烤肉好吃伐?""别提了,这回是男女混合双打。"礼拜六礼拜天,当街上的林弟和村里的乡妹四处游荡之际,我们被关在家里写作文、做奥数、读英语。特别是英语,让父母们忧心忡忡。他们交流着内心的焦虑:上海的小学三年级就开始上英文课了,这乡下地方得等到初一。真是愁死人。

知青家的小孩从小会讲三种语言:上课说普通话,下课说本地话,回家说上海话。父母细心地纠正他们的发音,"以后回去让人当阿乡"。有一次,车匪在家吃饭时漏了句本地话，他爹放下筷子，隔着饭桌就是一记耳光。

叫你不记得自己是上海人。

车匪的伯伯，早年在华亭路倒卖牛仔裤，是上海第一批"万元户"。他出手阔绰，压岁钱一给就是一千。车匪不声不响抽掉两张，剩下八百上交爸妈。两张钞票叠成小块，塞在鞋垫底下，像情报一样带回了小镇。

那是个两分钱一粒玻璃弹子、一毛五分一根橘子棒冰、五毛一盒划炮的年代，两百块无疑是一笔巨款。我俩甚至不知道怎样去破开这两张折痕累累、气味浓烈的大钞。买东西无疑是件可疑的事情，爸妈再缺心眼也不会让孩子拿着自己一个月的工资上街，何况镇上的大人们好像都认识，简直处处是眼线。我俩商量了半天，最后坐车去了邻近的小镇（花桥，今天的 11 号线终点），咕咚咕咚喝光了两瓶正广和汽水。喝得太急，不停地打嗝。车匪擦擦嘴，露出满足的笑容，再要两瓶吧？

从此每天放学，车匪飞一般奔出校门，我跟在他屁股后面跑，像个快乐的狗腿子。学校附近有个废弃的工地，翻过一堵矮墙，一堆水泥管里藏着车匪的秘密。车匪叫我背转过身,然后从其中某一根里掏出两块钱。我俩跑去街机房买七个铜板(三毛一个),车匪四个,我三个。街头霸王、三国、合金弹头……玩上一个小时,赶紧跑回家,再晚就得挨打了。

印象中,两百块几乎是一个取之不尽用之不竭的概念,我算过,足够打上三个月的街机。一个傍晚,我俩又来到工地,眼前一片空旷,水泥管一夜间被搬得干干净净。车匪呆在那里,哇的一声蹲在地上哭。我也跟着哭。这真是无比忧伤的一天。

初二时,车匪转学了,他伯伯帮他联系了上海的一所私立中学。一个月后,班上每个同学都收到了车匪的信。内容大同小异,无非是吹嘘自己在新学校怎么厉害、怎么受欢迎,并督促大家回信,说不许忘了他。只有我知道,车匪的信是写给黄潇潇的。他暗恋了黄潇潇三年,一直到离开都没勇气开口。于是他写了五十四封信,拉上所有人做幌子,只为一个人的回信。

中考后,又有几个小伙伴回到了上海,剩下的把希望寄托在高考。那几年,在县城最好的高中,年级前十名里，总有两三个知青家小孩，他们的目标是复旦交大。虽然作为同一级别的高校，本省的南京大学分数要低得多。他们没有选择，考回上海是他们与生俱来的使命。

为了提高一本率，校长在填志愿前动员大家"避开一线城市"，"天女散花"。本地的孩子老实，年年都有不少去了佳木斯石河子。知青们恨恨地骂，校长不是东西，仍坚持要求孩子填上海的学校。到了放榜的时候，照例有十几个南大和三四个复旦交大。这些考上复旦交大的，基本都是知青家的孩子，是父辈们口口相传的骄傲。天女散花？去他的！

我如愿考回了上海，母亲还在小镇的医院上班。外婆年事已高，外公身体不太好，每个周末，母亲还得奔波在曹安路上。周五晚上来，周一早晨走。四点不到就起床，赶头班车，八点前必须到医院。一个冬天的早晨，我执意要送她。走出家门，寒风刺骨，街道黑暗冷清。穿过小马路，一盏昏暗的路灯下，头班车在终点站静静地停着。母亲上车了，是唯一的乘客。她隔着车窗做手势，催我赶紧回家。我摇摇头，一直看着她，看她的眼里怎样溢出泪水,又怎样把脸深埋在掌中。车开了,一阵轰鸣,载着母亲消失在街角。

我也依旧往返于小镇和上海,只是次数渐渐地少了。从"北安线"到"陆安线",到"6号旅游专线",再到地铁11号线。最初四个多小时的车程,现在不到两小时。窗外始终是巨大的施工现场,你方唱罢我登场。农田大片大片地抛荒,然后楼盘像野草一样疯长。

小镇也变了模样,昔日的国二厂(国营第二粮厂)旧址建起了均价七千的楼盘,"水产大队"成了高档别墅区,南圩、邵村、夏驾桥……这些地名一个接一个消失了,取而代之的是现代化的厂房、热闹的卖场、大规模的物流中心。小镇甚至划出一大块农田,铲去庄稼,植上草坪,建了一个巨大的"生态公园"。大地擦掉了那些名字,像抹去曾经的记忆。

"上海来的老师"都到了退休的年龄。他们差不多同时来,又几乎同时消失在校园中。学校招来大批东北老师。孩子们讲着东北风味的英语,没人听得懂上海话。

退休后的知青们陆续回到了上海,要么跟父母挤在老

房子里，要么用毕生积蓄为子女承担首付，自己占一个小小的房间。他们说，这叫叶落归根。终于回到朝思暮想的地方，却发现自己不过是个陌生人。买菜、看病、出行……一切都得重新适应。身体大不如前，身边没什么朋友，城市的高速发展更让他们无所适从。儿时记忆中的上海，注定是回不去了。他们偶尔聚会，念叨着从前的日子，"还是小地方舒服"。只有几个知青留在了小镇，他们自嘲，"乡下人当惯了"。而像我父母这样的，知青与本地人结合的家庭，要么两地分居，要么两处奔波。

昔日小镇的同学们，四分之一在县城当公务员，四分之一在外企，四分之一做生意，还有四分之一在家待着，收收房租，打打麻将，日子过得滋润惬意。仿佛一夜间，小镇涌来无数年轻的打工者，老街上放着《小苹果》，震耳欲聋。老人们上街买东西，都得学着说一点费劲的普通话。他们佝偻着背，嘟嘟囔囔，拐进等待拆迁的老屋。

又一次初中同学聚会，席间觥筹交错，交换着各种真真假假的消息：谁的工厂接了一笔大单，谁家的地被征用了,谁吃了官司,谁找了个有钱的老头,谁离了第二次婚。当年一位内向拘谨的女同学,嫁了阳澄湖蟹农的儿子,摇身成了蟹舫的老板娘。她端着红酒杯,熟练地向老同学们敬酒,仰起脖子一饮而尽,转身又给自己斟满。这一杯是敬我的,班长,下次聚会来我家船上办吧,我做东。

黄潇潇向我打听车匪的消息。我说不清楚,很久没见了。人这么小,而上海这么大。童年的玩伴就像童年的玩具,等想起来的时候,早就找不着了。

当晚得赶回上海。黄潇潇开车送我去安亭,这是我和车匪破开百元大钞痛饮的地方,二十年前。这个温柔腼腆的少年,默默地喜欢,默默地告别,然后在一个熟悉又陌生的城市一封接一封地写信,那该是多寂寞。把心事抄上五十四遍,却不过是"你好吗""不要忘了我"。

坐在末班的11号线上,车厢空空荡荡,像喝干的汽水瓶。我是瓶底的一粒砂。

套上耳机,音量调到最大,听一个男人嘶吼:

至少有十年,我不曾流泪

至少有十首歌,给我安慰

我对自己说,不要矫情,不要矫情。泪水无声地滑过我的脸。

我认出了窗外的曹安路,灯火通明,像老情人的晚妆。

安家记[1]

沈书枝

1984年生,安徽南陵人,南京大学古代文学硕士。
2014年获"紫金·人民文学之星"散文佳作奖。
2015年作品《姐姐》获豆瓣阅读第二届征文大赛非虚构组首奖。
已出版长篇非虚构作品《燕子最后飞去了哪里》,散文集《八九十枝花》《拔蒲歌》。

---

1. 本篇文章选自人民文学出版社《拔蒲歌》。

新的租房是一个南北向开间,穿过进门过道和小小的正方形客厅,里面是一个还算大的房间和阳台。卫生间和厨房在过道和客厅两边。虽是很多年前装修的旧楼,当年打的门和暖气片柜子却是一种旧旧的钴蓝,使这屋子还保有着一种朴素的基调。除此之外,则如绝大部分我国的出租房一样,塞满一套房东不要的十几二十年前流行的深色板材家具。房间里一张床、一只衣柜、一只电视柜,客厅里一只梳妆台,都是一样笨重的猪肝红色。上任租户将他们的新电视搬走后,将房东的老台式电视又搬回到电视柜上。我们搬进去后第一件事,就是把这台宽厚的老电视又重新搬回到阳台上,仍旧用布盖起来。

原先租的房子没有开通网络,住在那里时,每天下班后回到屋子里,我就不能再上网,只能怀着坚强的耐心,时不时用龟速的手机流量刷一下网页。然而大概正因为如此,不能用电脑做别的什么,周末在屋子里没有事做,只好专心写一点东西。如今既然搬家,网络自然要开,上任租户的网络尚未到期,我们把剩下的钱大概折合一下给了他们,就开始了在家里也拥有网络的日子。是生活在城市

的青年的标配了，此后沉迷于手机和电脑的时间，也迅速增长起来。

这房间里原本的一张桌子，我刚用抹布去擦它一下时，玻璃桌面就直接从架子上掉下来了，恐怕扔了以后房东会讲，我们只好把它收拾收拾，也搬到阳台上堆起来。整个屋子里唯一一件新一点的家具，是上上一任租户留在床头的一只红色宜家沙发。我决心要比从前生活得认真一些，当天下午便拖着麦子坐车去了宜家，买回一只白色书架、一张白色桌子和一把白色椅子。回到屋子里，按捺不住内心的兴奋，紧接着就安装起来。桌子容易，四条腿拧上就可以，书架我们把几层搁板都用螺丝拧好之后，最后要将背后薄薄一层挡板用小钉子钉上。刚钉了没几下，就听见横穿屋子的暖气管"当——"一声巨响，我们不知道发生了什么，四处张望了一下，接着钉起来。然而紧接着铁门外就传来"哐哐"的踹门声，还有一个中年男人的秽骂。我看了一眼手机，21：00。于是火气一下子蹿上来，有话不能好好说吗？跑过去打开里面的木门，隔着外面上半截镂空的防盗门一看（并不敢打开防盗门，害怕被打），果然是隔壁住家的男人,这时候他仍然在骂,威胁着说要马上打110。我于是不甘示弱地回骂了一句,狠狠把门摔上了。

虽然显得好像很厉害的样子,实际上只是一种虚弱的色厉内荏罢了。关上门回来,七颗小钉已经只剩下最后一颗,我们还是停了下来,不敢再钉了。只是心里堵得闷闷的,搬家后的第一天晚上,就在这样雾躁的情绪中度过了。已经成形的书架大剌剌躺在房间地上,我们走过来走过去,都要小心地不踩到它。第二天起来,把最后一颗钉子钉上,两人合力把六层的书架竖起来,这才发现严格照着画得不够准确的说明书安装的我们,第二步就把一块板装反了,导致书架无法平放。除此之外,有两块搁板的里外也装反了。要完全拆下来重装吗?不知道宜家的家具有没有这种质量。犹豫了一会儿,我们遂把这个装反的书架头脚颠倒,头朝下放住了。一直到我们离开那儿,这个书架都一直这样立着。

接下来几天,我把麦子所有的书箱拆开,在里面挑出一部分自己喜欢的书,放到这只书架上。之前吃饭的折叠桌,就放在书架前面,铺上桌布,配上椅子,成为后来三年里我拍照和写东西的地方。白色的宜家桌子作为吃饭的桌子,也和书架、折叠桌放在一起,靠在沙发旁。麦子又在网上买了一只稍小的铁书架,我们把它放在客厅笨重的梳妆台旁,又挑了一部分喜欢的书放上去。梳妆台则成为我们放买回来的菜的地方,买了烤箱之后,我做蛋糕也是在那个小小的台面上。

剩下几十箱书,重又封好箱,客厅沿墙和阳台上各堆一堆,这小小的屋子也就没剩下多少空间了。不久后我们去参加"自然笔记"小组的年终聚会,在那里吃到了朋友自制的轻乳酪蛋糕。因为到得有点晚,只剩下特意留给我的一小块,我一面听他们讲PPT,一面小心把眼前最后一点蛋糕渣舔掉,心里觉得太好吃了,想自己也会做,想想吃的时候都能吃到。就这样,在朋友的怂恿下,当天我们就在网上买了一只两百多块钱的便宜烤箱,放在又一次去宜家买回的三十三块钱的四方蓝色小桌上,填上了客厅最后一块空出的地方。

这里楼梯口前的空地上,有一棵大山桃树。才搬来时是冬天，我没有在意，等到二月下旬，紫红树枝上淡粉花苞鼓饱出来，才感到出乎意料的欢喜。三月山桃盛开，人从楼梯上下来，于昏暗中跨出去，眼前总为这一树繁花一明。花下不知谁家丢弃的旧沙发，整个漫长的冬日被人用一大片塑料薄膜遮着，到这时塑料膜掀走，无事可做的老人聚坐在上面，晒太阳，间或说一点话。偶尔人多起来，沙发不够坐，也有人搬了小马扎在一边坐下来。也有坐在轮椅上的老人，被人推来坐在一边。每年山桃花开时，树下就会出现这样的景象，从楼梯窗户望下去，粉白的花下映着白头的人，在人心上击出微微的震颤。很快山桃即落，轻薄的花瓣树下积满一层。春天的和风吹过，等到满树绿叶成荫，带着茸茸白毛的青绿小桃结出来，就是夏天的空气了。树下晒太阳的老人不再见到，只在午后或黄昏，才偶尔有一个两个出现，沉默地坐在那里，和周围寂静的空气融为一体。

除山桃外，这一块空地其余地方都被对面一楼的住户用竹篱笆围起，里面种满北方常见的植物。那个春天我收到一只盼望已久的单反相机做生日礼物，兴冲冲拿着到处拍花，很快就随着季节的过去熟悉了这小花园里每一样植物。首先是几棵香椿树头上紫红的嫩芽，而后是一株细小的杏花、一株轻白的李花和一棵紫色的玉兰，晚春时两棵泡桐顶出满头乌紫沉沉的大花。一块空地上种着小片芍药，有一天黄昏时快要落雨，我走进去看看花开了没有，忽然听见后面一个声音说："才开了一朵。等那个开了才好看呢！"我转过身，才发现原来身后一个老太太坐在椅子上，正指着不远处一片玉簪给我看。我赶紧笑着点点头："是的，玉簪夏天晚上开花很香！"

芍药和蔷薇盛开时，天上落雨，花瓣层层蓄满雨水，重重向下沉坠。初夏是金银花、月季，盛夏是玉簪、牵牛，秋天一棵小山楂树的果子变红，冬天一切凋零枯萎。在这小园之外，小区里也有不少其他植物，连翘、海棠、丁香、晚樱、鸢尾、黄刺玫、木槿、紫薇，每种数量虽少，也算是具体而微。北京的春天去如飞云，上班的人没有时间，惦记着公园里恐怕什么花又已经开过了，上班之前或下班之后，经过了小区里的这几棵，也便算看过了一春。

阳台那一面楼下，隔着一条小路，是一所中学的操场。操场边缘种满国槐与悬铃木，春日大风的日子，树叶涌动，国槐背面淡白的绿色翻滚，播来细碎的涛声。这学校上课铃声是一段音乐，我换了工作后，上班路上要五十分钟，每每在床上听到音乐，就知道要赶紧起来，否则就要迟到了。有时走得晚，学生已出来早操，穿着红白相间的校服，在五叶地锦爬满的铁栅栏后，三三两两聚集着，像夏日午后洗干净贴了卫生纸晒在阳台上的白球鞋，给人以旧日青春的怅惘。黄昏回来，走到红砖楼下，天气很多时候不好，灰扑扑的空气里，一楼人家养的鸽子在窗外搭出的鸽笼里吞声咕咕。对面四楼也有一户人家养了许多鸽子，黄昏时常能听见一遍一遍哨子的声音，催促鸽子回笼。空气洁净的日子，鸽子一遍遍在深蓝天空下盘旋，夕光照在翻飞的白色鸽腹上，给之涂上金黄，是难得的美好时光。

就这样一日日熟悉起来，探明了周遭的公交、超市、菜摊、烘焙用品店……厨房的煤气灶和抽油烟机，我先是花了整整一天的时间来清理煤气灶下经年落进去的菜丝和各处的油垢，抽油烟机的钢丝口上结满油，钢丝球上滴洗洁精也擦不动，最后是用美工刀一丝一丝刮下来，刮不掉的又用手指甲一根一根抠了一遍，才勉强干净。隔了几个月，又在 App 上叫了一个清洗油烟机的服务，才算彻底清好。虽然这清理过的油烟机炒菜时仍然要用纸巾擦掉不知什么时候就会往下滴的油，但好歹能看出不锈钢的颜色，也是一项很大的进步。

住在原先的地方时，我们也自己做饭，但一来地方拥挤，二来没有相机，因此很少拍照。如今，出于一种虚荣心的驱使和偶尔对某些食物的想念，我做饭的热情遂大大增长起来。我们轮流做饭，路上经过的菜摊没有肉卖，平常下班炒两个素菜，有时搭一点外面买回的卤好的荤菜，吃饭时总也已七点半八点钟。想做费时间一点的菜，就只有等待周末，走二三十分钟到菜场采买。也无非是玉米炖排骨或卤猪蹄一类的，很简单地加些调料，电压力锅里焖一焖，就很满足了。

不久后客厅里冰箱坏掉，里面结冰，新鲜菜蔬放进去，过一夜就冻成烂绿，大概也已用了很多年，不堪重负了。拖了一阵子后,麦子上网买了一个简易温控器自己装上,就这样勉强接着用了起来。仿佛是和冰箱约好,紧接着洗衣机也坏了,打电话给房东,这个比我小两岁的女孩子说她两年后要移民美国,所以不给买新的。"你们把旧的扔了,自己买个新的吧!"我们想想洗衣机不贵,不愿多说,上网挑了一个几百块的回来。至于原先那个,麦子不愿找人上门来收,一定要将它搬到阳台上去,这样,原本已经很拥挤的阳台上,剩下的空间就又少了一点。

到了夏天,顶层楼房的燥热很快显露出来,每天晚上回来爬楼梯,在一二楼尚觉得阴凉,三四楼也还正常,等上了六楼,温度陡然就高了几度。还是六月,小风扇已早早拿出,彻夜吹着,很快也觉得炎热,不能再像从前住一楼时那样,整个夏天都不用换竹簟了。有一天黄昏我实在热,走去菜场边小商品市场胡乱买回一床竹簟,开水烫洗过后草草晾干,铺到床上,扑倒上去,顿觉一阵清凉。睡竹簟总让我想起小时候,盛夏每天晚上睡觉之前,妈妈都要端一盆滚烫的热水,用手巾把子把簟子擦一遍。这样睡觉时,皮肉贴着竹簟才不会觉得黏糊糊的。那时候我们不懂，只是嫌妈妈麻烦，她来擦竹簟时，我们站在蚊帐里，左抬右抬地把脚抬起来，缩到角落里给她让位子。想到如今我在离她这么远的地方，做起从前看她做过的事，心里有淡淡的无以名状的温柔。这样的事情，妈妈恐怕不会知道吧。

等天再热一点，小风扇已全不管用，有一天我们终于打算开空调（并不是不舍得开，只是出于一种乡下人的习性，觉得只有顶热的时候才需要开空调罢了），才发现房间里挂的那台老得连颜色都变作牙黄的空调，前任租户留下的万能遥控器是坏的。过了几天，麦子买回一只新的万能遥控器，试了半天，这一回终于把空调打开，但无论我们怎么调，空调温度都不变，始终停留在某个夏天有人设置的很低的数值上，人只消在里面待一会儿，就冻得受不了。最后我们只好放弃吹空调的打算，买回一只大的蓝色落地风扇，放在床尾与衣柜之间。盛夏午后，风扇蓝色的光影转动，搅起温热的风。窗外蝉叫起来又歇下去，鸟声细碎，楼下锻炼的老人，一遍一遍执着不倦地拉着运动器械，发出敲锹头一般"哐哐"的声音。只有在最热的几天，我们才把空调开一会儿，它不停发出"噶哒噶哒"的响声，我们吹一会儿，觉得冷了，就赶紧把它关掉，把风扇打开，可以维持一小时的凉意。等到觉得热了，就再开一会儿，就这样度过了在那里的三个夏天。

我们搬进去不久后，便发现床垫靠里的一边瓢了下去。起初没太在意，以为只是像从前的租房一样，是床垫用得太久、太老了才这样。房东们总是这样，无论睡了多少年怎样烂的一张床垫，只要丢在那里有个交代就行了，至于租房的人睡在上面如何不好，就是他们绝对不会考虑的事了。有一天我们把床垫拖下来，想着翻一面也许会好一点，才发现原来是下面一块占四分之一的床板已经变形，跷了起来，没法搭住床架，掉进下面的储物空间里去了。

我对这坏掉的床板没有办法，又觉得每天睡在那样烂的床垫上背实在太痛，想买一只硬一点的棕垫回来。这个主意，其实在之前的租房里就已经有了，然而始终得不到支持，说来也并没有对错，只是各自生活的观念不同罢了。麦子认为租房不算长久的住处，不知道什么时候就要搬家，因此一切总以应付为要诀，哪怕是日常生活的必需品，但凡开支较大，也觉得是不必要的浪费。而我觉得当下生活更为重要，为什么过得这么痛苦，却总是要一再凑合，只为了省那一点钱呢？如今我铁了心要换床垫，麦子拗不住我，只好陪我去旁边的家居店看看。正好遇上打折，于是当天就订了一床薄薄的棕垫回来。新棕垫就直接架在旧床垫上，这样就不那么容易塌下去，好在棕垫并不厚，睡在两张床垫上也就不觉得太高了。

睡上新床垫之后，我很高兴了一阵，自从离开学校的板床后，我就很久没有睡过这么硬的床了，果然背很舒服！然而不久之后，坏掉的那一块床板上方的床垫又还是开始往下塌，我忧心忡忡，拖了很久，有一天下班回来，正好在楼下看见别人扔掉的一块方木板，夹在一堆板材垃圾里，于是偷偷摸摸搬了上来，想着也许能替换。以为肯定有点小的，塌的那边又一直是麦子睡着，因此又拖了很久，一直放在门背后，有一天我简直打算把它扔了，扔之前终于鼓足勇气和麦子一起把两层床垫拖开，我蹦上去把木板放上去一看，正正好搭住床框。完美！Perfect！我们喜笑颜开,终于有一张好好的床了,怎么没有早点把它放上去试一试呢?!

要到这时候,基本上这屋子里再坏掉什么,才能够不大再难倒我们,虽然也总免不了拖延。卫生间的花洒坏了,就自己买一个新的换上;洗脸池前的镜子掉了下来,就重新买一面全身镜,贴到客厅墙上。客厅的吸顶灯坏了,这一回麦子拖了太久,有很长一段时间,我们晚上经过客厅,都靠放在那里的一盏台灯照明。直到有一天大姐夫带着女儿从南京来玩,帮我们把灯修好了。这里的旧热水器在我们搬进来的第二年也坏掉了,洗澡时常常自动熄火,或是打不出水,这一次房东终于肯管,让我们直接买一个新的,于是我们买了一个有显示屏、可以直接按按钮调节温度的新热水器。厂家来帮我们安装的师傅很好,连同厨房里从房子开始出租时就坏掉的热水龙头,也费了很大力气用扳手卸下来,换上让麦子买回的新水龙头。至此,我们洗菜洗碗的时候,也终于有热水可用了。

回顾在那里的租房生活,我要深深感谢那几年电商的飞速发展,极大地便利了因为胆小和懒惰而惯于裹足不前的我们的生活，使我们在灰暗的日常里，也能有感受到幸福的时候。我买了一些新的桌布，轮番用在书架前的小桌子上，有时做了喜欢的吃的，或是烤得满意的蛋糕，必要拿到这小桌子上，拍几张照片，然后才吃。偶尔买了喜欢的花，回来插在屋子里唯一一只亚克力花瓶里，也放在这小桌上。屋子里唯有这一小块地方入得镜头，因为正对着书架，背景可以不过分杂乱，照片因此也总是相似，不同的只是花和食物罢了。然而即便如此，每次也还是都很高兴地做着这些事情，灵魂在遇到好花或好吃的时候尔一现，灰暗的心灵也为之短暂振奋清明。试图捉摸的，是一种类似于生活的仪式的东西，一点自己也曾努力过的清浅痕迹。虽然实际上，在看似整洁的照片边缘，混乱的生活几乎就要潽溢而入。许多的时间在蹉跎中度过了，只有在愧疚心的驱使下，才能于深夜里写一点东西，偶尔反躬自省，得到的都是失眠。然而，当某个周末，终于挣扎着将凌乱的房间打扫干净，看到拖得光洁的地砖、收拾整齐的桌子和新换干净的床铺，心里也会涌上难得的勇气与精神，觉得自己可以做一些事情，应当做一些事情。直到鲜花凋零,房间凌乱,下一次的无法忍受又如期来临。生活是一次又一次秩序的崩塌与重建,我沉浮于中,如一条溯游的鱼。

离别依依

朱威廉
—

英文名 WILL,美籍华人,1971年生于南加州的一个海滨小镇,1994年来到上海,创办联美广告中国有限公司,1997年底创办榕树下全球中文原创作品网站。盛大原副总裁,现任天联世纪总裁。

六年前，老爸在一次例行体检时突然发现罹患膀胱癌，第四期，这对我们全家无疑是一个噩耗。

福无双至，祸不单行，手术前一天老爸突然昏迷，核磁共振显示出他的脑中有一大一小两个肿瘤，医生怀疑是膀胱癌扩散至脑部所致。

膀胱手术被暂时搁置一边，脑瘤必须优先摘除，否则老爸将一直昏迷不醒。神经外科医生向老妈和两个姐姐解释了手术的风险，老爸 85 岁的高龄将为手术增加很多不确定因素。他可能无法苏醒，也可能部分或者完全丧失记忆和语言功能。就算是最乐观的结果也不可能回到正常状态。老妈和两个姐姐在电话中征询了我的意见，我们共同决定只要有百分之一的机会都要全力以赴。老妈在家庭电话会议结束后立即签署了风险告知书，老爸在一个小时后被推进手术室，我也搭上了回家的班机。

我赶到医院时老爸还没有清醒，他的双手被束缚带绑在床边，护士说这是因为他在手术后一直激烈挣扎，为了防止扯掉身上的各种管子只好如此。老爸双目紧闭，不断大声地说话，护士问我能不能翻译下他在说什么，我只能拉着老爸被捆绑在床边的手摇头。

二姐在老爸睁开眼睛后第一时间将我拉到床边，问老爸认识不认识我，老爸看了我一眼后想都没想就说："这是我的儿子。"虽然咬字模糊，但我听得清清楚楚，也是长大成人后我听到的最温暖的一句话。

老爸刚清醒时情绪非常糟糕，他想不明白自己为什么躺在一个完全陌生的地方，总是嚷嚷着要回家。医生要我们每隔一会儿就要提醒他身在医院。所以，手术后的两天我和老爸的全部对话就是：老爸，你知道这是哪里吗？老爸，你记得你的名字和年龄吗？

老爸在陷入恍惚，痛苦挣扎的时候我就抚摸他的脸，轻轻呼唤他，拍他的胸口，这样做会让他的情绪逐渐稳定，呼吸顺畅起来。我记忆中几乎没有接触过老爸的身体，也从未和他有过拥抱之类的亲密举动。老爸安然入睡后我会把头轻依在他的胸口，心中洋溢着温暖，觉得自己是世界上最幸福的人。

老爸在手术几天后的一个深夜突然用力握紧我的手，

一个字一个字非常清楚地说："儿子，我最放心不下的就是你。"我一时手足无措，一个字都说不出来，只能用双手紧紧地握着着老爸的手。成年后我从来没有在老爸面前流过眼泪，也从来没有对我老爸说过我爱你我想你之类的话，一直试图以男子汉的形象和气魄赢得他的尊重和认可。

老爸的医疗团队中有加州最顶尖的神经外科医生和内分泌科医生，他们非常细致地向我们解释各种医疗方案，以及每一个步骤可能带来的风险和结果。老爸一生性格刚毅，我记忆中他唯一一次痛哭是三十多年前奶奶去世的时候，除此以外从未见他掉过眼泪。我和姐姐们说好谁也不许在病房内哭泣，无论情况有多么糟糕。

老爸在神志清醒的时候会和我聊起很多往事，令我惊讶的是他虽然经常忘记自己身在何方，但对我成长道路上时隔多年的细小往事却记得非常清楚，听他娓娓道来恍如隔日。

老爸又一次提到我在十八岁前彻底撞毁的三台宝马的

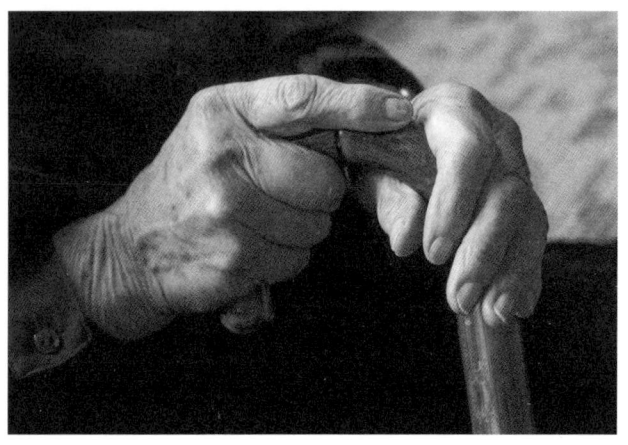

往事，我对此事一直耿耿于怀。我认为老爸从未顾及过我的自尊心，这么多年来不分场合，经常在我的朋友和下属面前提及我的"败家"史。老爸说："你知道吗儿子，其实我一直心疼的不是那三台宝马，而是每一次接到你的车祸消息，包括事后看到被你撞得支离破碎的车辆，我心里都无比感激。"老爸含混不清的声音中带着一丝哽咽，"感激这么多次老天爷都没有把你从我身边带走。"听到这些，我以前心中所有的抱怨顿时烟消云散，我真的希望老爸可以把我的糗事告知全世界，能让他说到一百岁。

我问老爸相信来世吗，他说不相信，但他相信人死了后会变成灵魂。我问老爸怕死吗，老爸一边大声笑一边说当然怕死，就算活到一百岁也怕死。然后老爸突然转换神情，假装严肃地用手指着缠绕在身上的各种管线说："儿子，任何时候，任何情况下，就算我强烈要求也不许你拔掉任何一根。"我们父子俩一起开怀大笑，过往的岁月在我们的笑声中变得无比清晰。

我在老爸昏迷，病房内只有我一个人的时候絮絮叨叨说了很多我以前从未说出口的话，直到听到身后有哽咽的声音,转头一看大姐二姐不知道什么时候已经站在了身后。

老爸在脑部肿瘤摘除手术后仅仅五天就进行了膀胱肿瘤摘除手术,两个大手术在相隔如此之短时间内进行对于已经八十五岁的他是终极考验。老爸在第二个手术结束十个小时后从麻醉中清醒,继续与癌症抗争。

那一年的父亲节,老爸如愿以偿回到了他最舍不得的家。坐在他最喜欢的沙发上,看着他最喜欢的电视节目,吃着他永远吃不腻的饭菜,享受着弥足珍贵的人生岁月。

今年四月份回家,我俯身于老爸的墓前,用手指触摸着墓碑上的每一个字。春风拂过脸庞,抬头看见几株参天的橡树随风摇曳,有几片树叶停留在脚下。我想,我的老爸正如这些落叶,无法抵抗大自然周而复始、循环不息的规律。虽然落叶离树,但根却深扎于土壤。我们子孙后代就是这根;用根,去延续一个家族的血脉,用根,去延续一个家庭的互爱传统。我轻轻拾起其中一片,将它夹在了我们全家福的相簿里。

老爸的葬礼办得特殊而隆重，我们最后决定用红玫瑰来布置追思会现场。虽然老爸生前并没有特别喜欢玫瑰，但我们姐弟三个还是想以红色玫瑰为爱和生命祝福，为我们逝去的老爸祝福。我在准备悼词时和两位姐姐细细回忆了老爸那些乐于助人和有趣的往事。老爸生平豁达乐观，幽默诙谐，经常把众人逗得开怀大笑。我想以相同的方式送上最后的告别，但我没有成功，刚开始读第一段时就已经泣不成声。

老爸生前的心愿是遗体进行火化，我将老爸送至焚化炉旁并且坚持由我来亲自按下那个红色按钮。老爸伴我一生，我送老爸最后一程。看着炉门缓缓关闭，心中虽有无限不舍和依恋，但我知道，人生就是这样，一场相遇跟着一场离别。有些离别确实让人心痛不已，这就是万物法则，生老病死，谁也无法逃脱。

老爸的一生如同好书合上，好戏落幕。完整，且没有遗憾。

我在悼词的最后写道："父母在世的时候犹如我们生活中的两盏明灯,在我们身边,为我们划破黑暗,照亮人生。父母离开后灯虽然灭了,但夜空中多了两颗星星,虽然离我们远了,却依旧可以为我们指引人生的道路。"

每一个云淡风轻的夜晚,我都会抬头仰望夜空,去寻找那两颗最亮的星星。

我的爸爸

姬霄

——

青年作家,填词人,"ONE·一个"APP签约作者。
已出版小说集《你有没有见过他》、合集《幼稚园:今日宜远游》。
词作:《逃兵》《盗将行》《一腔诗意喂了狗》等。

今天我跟我爹申请说：我要写写你。

我爹说：可以，但你要说一下，我是一位诗人。

就由这里说起吧，对，我爹是位诗人。

早年间我翻箱倒柜时，在一本破旧诗刊上读过他写的诗，题目叫《反方向》。

你向我走来／时间却向反方向溜去／这是我们仨的相遇／从此各奔东西

我问我爹：你这写的是什么？

他：不知道。

我：你能不能拿出点诗人的素养。

他想了想：这首诗是我在你出生那年写的，意思是本来只想跟你娘享受二人世界，不打算要你，但却意识到父亲的职责，选择让你来到人间，然而要了你之后才发现，真的很浪费时间。回头看看，既没有二人世界，更没有父子情深，什么都没落下，这是两难的抉择，是一种人生悔悟……

我：你还是别说了。

我爹从小对我的教育方式奇诡。小时候住郊区，家里总是停电，每当此时都是我跟我弟的噩梦。我爹点起蜡烛，将我俩关在卧室里开始讲鬼故事，待将我俩吓得魂飞魄散之时，从身后掏出一本唐诗选辑教我们背诵，背不多时，将我二人赶出卧室，在门外背诵，如背不出就不能进门。

我和我弟被吓得不轻，俱专心背诗，走向那黑漆漆的门外时犹如临上法场，不过几十秒的工夫，却仿佛恶鬼正在身后。起初作业还是绝句、律诗，后难度加大，某次轮到我弟背诵一首《春江花月夜》，统共三十六句，他几乎是在黑暗中号啕着背完的，现在回想，也不免可笑。

别人家爹娘都爱在人前夸自己家孩儿，但在我爹嘴里，我几乎没听过一句好话。有一年年关，邻居到我家话家常，我在侧座服侍。邻居看我一眼，问我爹：你家小子也毕业了吧，找到啥工作？我爹目不斜视放下茶杯说：无业游民，终日流浪。那邻居本欲炫耀自己儿子找到好工作，忽然无从下口，只得客套几句，悻悻离去。

又过一年，还是那位邻居来我家做客，我依然在旁边斟茶，这次他有备而来，先问我：听说你在北京工作啦？

我乖乖回答：对，是在一家电影公司……邻居又问：做什么呢？每月拿多少钱？我爹接过话茬：临时工，还是月光族。邻居听了大为兴奋，开始长篇大论说自己家儿子有多出息，顺带还安慰我爹几句，说我以后肯定能成大器。

等邻居走了，我憋一肚子气问我爹：你就不能盼着我点好？我爹说：临时工有啥不好？你既然知道人家是来攀比，就让他炫耀够，他说完该说的自然就走了，难道我跟他对着攀比，那我球赛还看不看了？

这就是我家的日常。据我爹说，这是他从《笑傲江湖》里悟出来的大道理，叫作无招胜有招。用这招对付我那爱唠叨的娘亲以及一干亲戚邻居无往不利。照他的话说，费那么大劲争出高下，连一个包子钱也挣不到，何必浪费这大好时间。只是坑苦了我和我弟，走在街上邻居家的叔叔阿姨们都用同情的目光打量我俩。

当然，除了诗人这分不合时宜的执拗，我爹还是有几分诗人雅致的。

在我年幼时，我爹经常和三五好友上山打猎，犹记得当时一众人在山间盘桓了一个上午，一只麻雀也没打到，倒是采了许多白蘑菇。又行几里路，我双脚又肿又痛，赖在地上不愿前行，我爹说前方有个大湖可以游泳，哄得我又站起身来，满心想着那个湖，但又走了好远，仍听不见半点水声，我怀疑他骗我，哭闹起来。他单手将我一揽，抱在肩头说，不信你看。我顺指眺望过去，果然有一山间小湖，走到近前，我爹将我拎到湖水及膝处玩耍，山泉清凉，还有鱼儿萦绕趾间，痒得我哈哈大笑。我爹很得意地说，我猜这里有湖，果然就有。原来他当时真是骗我的。

那段时间每逢周末，我爹便带着一家人去野外摘菜，他总是背剪双手，在田野里四处寻觅，我跟弟弟问他在找什么。他便教我们分辨茼蒿臭蒿，夏枯草青葙子。弟弟采到一支红色的狗尾巴草问他是什么，他说这是鹤顶红，有剧毒，吓得弟弟立刻撒手。他喜好养花，偶尔会带着麻袋和铁锹，去山上取土，说这是天底下最有营养的土，是宝物，我和弟弟争相探着脑袋去麻袋里瞧宝物长什么样，结果被臭得一下午都说不出话来。

我爹不仅好游玩，且擅烹饪，这本领在我十多岁才显露出来。某次我娘在街边买来的熟食，被他吐槽难以下咽，我娘忿忿反驳，你这么有本事，怎不自己做？我爹二话不说钻进厨房，半响，端出一碗熟牛肉，细看只拳头大小，端上桌时肉色微红，憋着热气。等到吃的时候用筷子一戳一扯，蒸气瞬间冒出来，肉筋相连的部分像丝絮，紧接着他又变戏法似的端出一排小碟，盛了蒜泥、辣油、椒盐。我和弟弟一尝，大呼好吃，我娘气得在旁骂我俩白眼狼。我爹在旁兀自叹气，早知道不露这一手了，以后怕是都得我下厨。

打记事起，我爹就是我的偶像。

记得大学毕业时我想给弟弟买个手机，正好自己也打算换新的，就计划把旧的给他。结果被我爹一顿骂，说，如果想表达心意，就做百分百的努力。这句话虽然后来被证实是他懒得给我弟买手机，故而借花献佛，但却一直影响着我。

长大后总是听人说，"她什么要求我都答应了，我只是态度不好。""所有的苦差事都是我一个人做，我凭什么不能有脾气。"其实这特别蠢，明明你做了对的事，却要让对方不那么满意，何必呢。要么别做，要做做全套。

还有一次，是我人生头一回去外省工作，我爹不会开车，教我坐票车去机场，我娘不肯，说我行李甚多，拎着去车站多有不便，遂打电话拜托顺道的同事捎我去机场。在家门口等那位同事的时候，外头下了好大的雪，我爹握着我的手却出奇的热，缓缓道，出门在外，不能强求别人，也最好不要相信任何人的许诺。

那时的我还很幼稚，且自以为聪明，对他的教诲不屑一顾，反驳道，你们成年人那一套我都懂，无非是想说外面的人都很虚伪，可是我要诚心待人家，别人怎么会无缘无故骗我？我爹笑了笑，捏着我的手说，倒不是怕你被骗啦，只是带着期许的人生，尤其这"期许"是须要别人给予你的人生，会没那么轻松。

偶尔，我爹也会突然冒出诗人的灵性。

有一天我看新闻里说，中年人大都这样思考问题：大酒大肉没有粗粮健康，鸭绒被不如新摘的棉花暖和，农家收来的鸡蛋就是比市场上的新鲜。我跟我爹探讨两者的可比性，我说中年人迂腐，他思考了一下说，我们只是不善变。十五岁的时候我跟你一样追赶流行，但五十岁我开始热爱俗气的一切。你觉得是我老了吗？不，我只是一如既往地热爱十五岁时喜欢上的东西。

一瞬间，我想起父辈的过去，他们也曾有过青春年少、热血往事，觉得很忧伤。但我爹又拍拍我的肩膀说，那些老古董当然过时了，你是不是傻？

这就是我爹，套路极深，你以为他给你警世恒言，他就端一盆心灵鸡汤，你道他会赠你过来人的忠告，他又像个长不大的顽童，丢来一串正经八百的谎言。

以前休假回家，因为在外有熬夜的陋习，总是睡到响午才醒，搞得我爹每天都在跟我的赖床斗智斗勇。一开始总是大吼菜都炒好了你还不起床，结果下楼一看切都没切；后有一次，我在睡梦中忽然听到他推开门兴奋地说下大雪了快看，我穿好衣服蹦跶到窗前，连毛都没有；某次更过分，推开门很急切地说你妈被狗咬了快跟我去医院，起了床发现我妈还没起床。

几次下来我已有所防备，对他的话不理不睬，照旧抱着枕头睡大觉，结果有一天正睡着，他忽然踹开我卧室的门很生气地说，你到底给不给我面子！长大后我从未看到他发这么大脾气，吓得赶快蹦了起来，过了会儿反应过来，起床跟面子有什么关系，这家伙铁定在跟我娘打赌看谁能把我叫起来。

有了微博以后，我给我爹注册了账号，起初他兴致寥寥，直到我叫几个朋友关注他，做他的粉丝，他才玩起来，没事在上面发发对时事的观点看法，看到有人评论就很高兴，热情地跟人家讨论，不知不觉竟赚了两千多粉丝。

有一次，我看到有人在他微博底下说难听的话，我很气，冲上去要骂人。我爹说，你别生气，我们要允许有人和你观点相左，哪怕是用刻薄的方式。我说是啊，你当然可以允许有人和你观点相左，但我不能容忍有人对我爹刻薄，这是两回事。对伤害"自己爱的人"的人失去理智，在我看来是最大的理智。我爹不说话，过了一会儿，把那条微博删了。我问他，干吗删微博，我还没骂够呢。我爹"切"了一声说，你感动我一个就行了，还想感动谁啊？

都说人越长大，越容易伤感。这在我爹身上却很难实现，他总是将自己捯饬得像年轻人，牙齿发黄就去洗牙，白发刚生就去染黑，以至于我从来不觉得我跟我爹是两代人。我玩的游戏他也玩，我看的电影他也看，会跟我的朋友一起聊股票，也会在酒席上，他那些同事推杯问盏时，冲我无奈地一笑。他让我觉得，一个人的年纪与肉身并无关系，在乎于他的表情，他的习惯，他所喜欢相处的人群。

我在外工作多年，回家频次渐少，原先仅春节回去一次，今日一算，已经两年没有回家。有一天半夜广州刮台风，吹得窗棂哐当作响，发短信问我爹家里有没下暴雨的事儿，结果他竟然醒着，还回了我个电话，说一个人坐在电视前看台风直播，又说台风可能是索马里海盗和基地组织共同研究的天气武器，在搞破坏。

那一瞬间，很想回到小时候，剥橘烹茶，听他扯天扯地。

中锋在黎明前

熊德启

——

1987年生于四川成都,十八岁起先后留学加拿大、美国、英国;

曾于英国BBC任嘉宾主持、于美国之音任新闻翻译;

曾任CCTV旅行节目、人物纪录片导演数年,现为新闻工作者。

已出版短篇故事集:《这一切并没有那么糟》。

腰椎疼了两年后，老郭终于满了六十岁，生日是和老婆在骨科诊所里过的。

老婆的腰椎也不太好，那天两人各自趴在铺着白色床单的长条床上，两位医生使劲地按着，哼哼唧唧之中老婆忽然说，老郭，今天是你生日吧？

老郭惊醒，我天，老子都六十了。

唉，六十了，腰椎也理应疼起来了。

六十岁的老郭，有且只有一个五十八岁的老婆，有几张刻着他名字的信用卡，有地热取暖的房子，有能坐七个人的德国车，有一头依然茂密的灰黑色头发。

有了它们，老郭对朋友说，自己还算活得值得。

可惜，他还有几节活蹦乱跳的腰椎骨，和一个三十岁仍未出嫁的女儿。

前者，老郭与之为敌两年，已经认命。后者，老郭还没打算投降。

只是，毕竟六十岁了。

老郭趴着不动，叹了一口气说，六十啦，我也六十啦。

老婆在一旁悄悄发了条短信给女儿：你爹今天生日。

不一会儿，老郭手机响了，老婆斜眼偷瞄他的表情，有些幸福，又有些黯然。老郭不会打字，颤抖的手指在屏幕上书写着什么。

沉默半响，老郭自顾自地说，你知道我这叫什么吗？

老婆以为他在问医生，医生以为他在问老婆，没人说话。

老郭的气息随着医生的按摩起伏，一个字一个字地蹦出一句话来。

我，这叫，中锋，在，黎明前，死去。

老郭热爱音乐，据他自己说：三十岁以前，老婆第一，音乐第二。三十岁以后，女儿第一，音乐第二，老婆第三。

可惜 50 年代出生的老郭在年少时从未听过"做自己喜欢的事情"或是"把梦想当作生活"这样的名言金句，为了生计，热爱音乐的老郭做了一份满是噪音的工作。

他的钢厂在四川，当年随着"西部大开发"的口号红火起来，办公室外机械轰隆，办公室里的老郭伴着柴可夫斯基的《1812序曲》晃动脑袋，迷幻之中梦回1812年的夏天，拿破仑挥师东征，60万大军踩着鼓点共振着老郭的心跳，小提琴旋律蜿蜒而去，如远方的奥卡河。

可惜，待梦醒推门，现实化作一股热气扑面而来，钢厂特有的嘈杂声中夹杂着金属摩擦的呛人气息，工人们的脚步凌乱不堪，毫无节奏可言。

每当此时，老郭都在心里告诉自己，这辈子注定与噪音为伴，和音乐确然是没什么关系了。

与很多父母一样，关于音乐的梦，老郭让女儿去做了。

女儿的大名叫郭苏曼，老郭叫她曼曼。

曼曼原本是叫郭舒曼的，舒曼是一个德国作曲家的名字，老婆临盆时老郭正喜欢舒曼的作品，爱屋及乌，连带着觉得舒曼这个名字也还挺好听，脑袋一热便取来当了女儿的名字。

后来才知道，这个叫舒曼的作曲家竟然四十多岁便因精神病逝世，实不吉利，于是改"舒曼"为"苏曼"，反正在四川话里也听不出什么区别。

曼曼五岁时，尚不富裕的老郭花重金从上海搞来一台二手雅马哈钢琴，请了自己能负担得起的最好的老师，每日拿着鸡毛掸子站在琴边督促。

老郭是过过苦日子的人，知道付出才有回报，也知道苦尽甘来的人生道理，但五岁的曼曼自然是不懂这些，鸡毛掸子下，女儿大哭老婆大闹是常有的事，哄睡了女儿，身旁的老婆背对着老郭，是无声的抗议。

当然，老婆的抗议也不全然是为了女儿，买钢琴的钱，原本是说好了要买一台全自动洗衣机的。

三十岁得女，除了学琴这件事上比较严厉，老郭实是个溺爱女儿的爸爸，上下学接送都是小事，曼曼第一次春游时老郭竟骑车尾随学校大巴一整天，最终矮身躲在公园的假山后，以确保女儿的安全。曼曼考钢琴十级时，老郭陪她练琴陪到每一个深夜，结果自己发烧住院，后来曼曼过了十级，老郭瘦了十斤。高中期间，他还悄悄找过两个"心思不纯"的男同学谈话，曼曼得知后一个月没理他。

当然，老郭的很多付出曼曼都是不知道的，她觉得爸爸很好，只是偶尔有些烦人，于是她常问老郭，你怎么还不出差？

老郭嬉皮笑脸地问她，零花钱还够不够？

朋友聚会时，老婆一脸鄙夷说，他啊，他就知道女儿。

直到曼曼考上了美国最好的音乐学院，老郭终得拨云见日，趾高气扬地传授起经验：我跟你们讲，小孩子学东西，大人必须坚持，大人都不坚持，小孩肯定学不下去，小孩子单纯，大人就要保护，你要不保护，都不知道成什么样子，你看我们家曼曼，要不是我当时……

一听到曼曼，听众朋友们便心知遭了殃，满脸堆欢地夸赞，默默等老郭复述一遍女儿如何优秀自己如何高瞻远瞩才敢另起话题，又或抬表一看，哎哟！还有事情，先走一步。

其实，曼曼从十岁以后就不再怪爸爸严厉地监督自己练琴了，因为她在音乐里确实找到了乐趣。对此老郭颇为满意，常常笑眯眯地坐在一旁看着她弹琴，老婆叫吃饭了也不理，嘴里发出"啧啧"的声音，似乎女儿这一曲"佳作"已经足够喂饱他了。

老郭的心里有一幅蓝图，那是一种他望而不可得的幸福，他要让女儿拥有。

他一直有意无意地跟曼曼提起各种各样的事情，比如恋爱其实没什么可谈的，你看你老爹，初恋就是你妈，三十岁才生你，也是幸福得很；又比如美国有个音乐学院很好，你要考上了就能获得全世界最好的音乐家的指导，你别担心学费，可以努力试试看；再比如跟名家学音乐也并不是为了成为名家，而是为了找到一种自信和安定，生活的安定嘛，只要你回国老爹都可以给你，至于内心的安定，由音乐给你。

于是乎，曼曼似乎是出于自己的选择，决定不谈恋爱，决定出国留学。

最后，曼曼在电话里说，研究生毕业就从美国回来，读个博士，再留校做个音乐老师。

听到这个决定，拿着电话的老郭嘴角又微微翘起，一股笑意含而不放，一旁的老婆狐疑地看着他，他向老婆眨了眨眼。

曼曼问，爸爸，你说回哪个城市呢？哪个学校比较好呢?

电话里传来那种属于爸爸的口气,似乎是随意一说,又似乎早有预谋。

回来嘛,当然回家好一些啦,我上次吃饭听人说起四川音乐学院在招博士啊,我好像有个朋友在那里,哎呀你看我这记性,名字忘记了,我改天给你问问。

大概还是觉得说服力不够强,又补了一句,再说,你妈和我也老了。

老郭确实是有这么一个朋友,交了好几年了,名字自然是不敢忘的,次日赶紧约出来吃饭,朋友笑着问老郭,你这两年这么勤奋地跟我喝酒,就等着今天吧?

老郭也不理他,说,我女儿在她们学校是首席,你在你们学校也属于首席,人家茱莉亚,你们川音,你不吃亏嘛。

马屁不穿,朋友笑得更大声了,举起杯子叹道,你这个爹当成这样,我是服了,干!

老郭见状,心知事情已成,干了一杯酒,情不自禁地乐了起来,皱纹随眉毛一起弯成了弧形。

半年后，曼曼回乡读博，老郭对外宣布，肝不好，戒酒了。

老郭是个领导，习惯说了算，对自己规划之外的事情充满恐惧，虽是个狮子座，却常被老婆在背地里说成处女座。

老郭不懂这个，据老婆说，他距离成为处女座也就差了三天。

当然，人生有很多事情都由不得老郭控制，只能看老天爷的意思，比如他一生热爱音乐，却干了毫不沾边的钢铁行业，再比如，女婿是谁？

女儿一生的蓝图，老郭虽是画了图，但这女婿实在是关键，女婿就是那蓝图的"蓝"，若是不理想，这"蓝图"搞不好就成了"灰图""黑图"。

哪怕是"红图"，他老郭也是不能接受的。

物色了几个本地企业家的儿子，老郭都觉得太浮躁，不合适。

老婆也发动起七大姑八大姨的关系，还真找到一个，算是入了老郭的法眼。

叫小李，是个公务员。

组织了好几场饭局，其间也不乏明示暗示地做了些思想工作，终于有一天，曼曼把小李领回了家，小李一脸客气的笑容，腼腆地喊着，叔叔阿姨好！

当然，在领回来之前，革命前辈老郭同志早已把这位新进家门的小李同志摸了个门清。

对小李，老郭有一种复杂的情绪，虽然人是他选的，但这毕竟是曼曼的第一个，至少是向他公开的第一个男朋友。老郭自然更愿意相信是前者，但即便如此，一想到两人牵手拥抱，甚至接吻，以及现在也不知有没有但以后肯定会有的上床，心里也万分的不是滋味。

他跟朋友说，你没有女儿，你不懂，这比刮骨还疼，就好像在骨头上打地基，修房子，*滋滋滋，滋滋滋*。

说得咬牙切齿。

至于小李这个人，关于四川小伙子的一切传说在他身上都得以应验，不论好坏。

来家里吃了几次饭之后，老郭对小李的印象越来越好，老实人，小公务员的工作还算稳定，父母都是知识分子，吃饭知道给女儿夹菜，老郭假装无心提起的几个有名的娱乐场所也都不知道，虽然不怎么赚钱，但钱这东西他老郭有，并不是问题。

老郭又跟朋友说，这小子，哼！这小子。

朋友莫名，老郭猛地前倾，伸出右手，大指和食指分出微小的缝隙。

眯眼盯着这道缝隙，老郭带笑愤然道，哼！这小子，才比我高这么一点。

朋友调侃他说，你这愤然一哼，很有些娇嗔的味道。

事实上，在老郭心里，天底下没有哪个男人配得上曼曼，包括老郭自己。

小李嘛，这小子虽然木讷一些，至少人在身边，知根知底；虽然不太有上进心，至少没什么花花肠子；虽然没钱，至少对女儿很好；虽然矮一点，至少五官还算端正；不近视，家族没有遗传病，也看不出有秃顶的迹象。

家族没有遗传病这件事，是老郭托人找到小李父母各自供职单位的体检医院查到的。

曼曼和小李的恋爱就像小李的性格一样，不疼不痒地谈着。

老郭心里算得清楚，曼曼还没有拿到留校任教的资格，结婚的事情不必着急。

于是他也在一旁不疼不痒地看着，像一只静待猎物的豹子，等万物运转到位，吹起一场东风。

可是渐渐地，老郭感到兆头不对，女儿对小李的态度冷淡了许多，常常抱怨小李不懂生活的情趣，也不懂音乐，说话半句嫌多，听音乐半首也听不完。

老郭又矛盾起来，他觉得，曼曼当然值得更好的男人，但更好的男人他老郭也不是没见过，哪个不是家里红旗不倒外面彩旗飘飘。

这小李，曼曼虽是觉得有种种不好，但曼曼尚未"而立"，她当然不懂。而老郭早已"知天命"，就快"花甲"了，在"知天命"的老郭的价值体系里，小李是个不错的结婚对象。

嗯，可不能错过了，老郭对自己说。

一天，老郭拉着小李进屋坐下，打开音响放了一曲，一曲结束后老郭告诉他，这是门德尔松的《夏夜午后之梦序曲》。

小李有些茫然，却又很是高兴，因为曼曼说过，什么时候我爸找你听音乐，那就是彻底接纳你了。

老郭又说，门德尔松这名字你不熟，但他还有一曲你应该熟悉，叫《婚礼进行曲》。

这小李即便再木讷，也听懂了眼前长辈话里的意思，连忙拍胸脯保证，对曼曼好一辈子！

老郭说，曼曼喜欢城西的一个西餐厅，你在那儿求婚。

小李踌躇起来，扭扭捏捏地左右言他，老郭是老江湖，拿出一张卡说，戒指用这个买，婚礼婚房也都不用担心。

老郭觉得自己就快老了，三高已经拔地而起，糖尿病还不算严重，钢厂里待久了早已有些耳鸣，得赶紧把女儿送上生活的"正道"，不然，谁知道还有几年。

晚上，一场东风扫去云朵，老郭在阳台看着难得一见的满天星，心想，谁能比我还爱她？

她妈？不，她妈不如我爱。

求婚那天老郭和老婆也去了，一切还算顺利，踢了小李几脚后小李终于往地上一跪，老郭知道，应该差不多了。

很久以后老郭回想起来，在小李说完"嫁给我吧"之后，曼曼是有些惊讶的，这种惊讶当爹的看得明白，只是选择性地无视了。

看着小李手中的钻戒，曼曼又回头看了老郭一眼，再回头说，我愿意。

看老郭的时候曼曼流泪了，说"我愿意"的时候眼泪已经干了。

老郭的眼泪在眼睛深处转了个圈，憋了回去，他自认是个江湖人物，哭这种事情是万万不行的。

滋滋滋，滋滋滋，骨头上响起了电钻声。

老郭知道，曼曼这一年二十七岁了，正是该结婚的年纪。

曼曼也知道，老郭这一年五十七岁了，正是觉得女儿该结婚的年纪。

赶紧找了个大师算日子，算个好日子领证，算个好日子办席。

领证前,曼曼要去奥地利参加一个学术交流演出,算是为博士学业收尾。老郭又交了几个新朋友,破戒喝了些酒,买了些贵重的玩意,曼曼回来就能拿到留校任教的资格。

喝酒的时候老郭都带着胰岛素,喝之前往啤酒肚上扎一针,心里便踏实很多。

他还悄悄买了一套房子,房子所在的片区有全市最好的小学,他打算把钥匙当作礼物送给女儿。

一切都那么完美,老郭自己都佩服自己,蓝图就在眼前,他甚至已经打定了主意,如果是个孙子,就叫李斯特。

他查过了,李斯特活了七十五岁,善终,这名字没问题。

老郭是个细致的人,做事也算考虑得周全。

只是,还有一件事是他无法预料的,或者是有意忽略的。

当然,这也是世上没人能预料到的,它无法被预料,只能被遇到。

真正的爱情。

曼曼从奥地利回来那天,老郭执意自己去机场接机,一把钥匙揣在口袋里,很是兴奋。

这把钥匙交到曼曼手里,留校手续办齐,结婚证领好,奋战二十七年的老郭便可以终于功成身退,静静等着李斯特、李多芬、李可夫斯基,或是李什么什么的到来。

越想越是兴奋,接到女儿还没上车就忍不住拿出礼物来,谁知曼曼却说,爸爸,我不和他结婚了。

一双大眼睛就这么看着老郭,和小时候一模一样,可仔细一看,多了些属于她自己的神色。

老郭这辈子没失过恋,否则他会知道,这痛苦就像失恋一般。

曼曼从嗓子眼里发出细细的声音,第一次说了一句老郭不愿意听到的话。

她说,我遇到个人。

一路无话,回家召开家庭会议。

第一句,老郭问,他是谁?怎么认识的?

曼曼说，一个小提琴手，这次一起演出的首席小提琴手。

说到"首席小提琴手"几个字的时候，曼曼有些异样的神情，头埋得很低，脸红了。

当爹的没看懂，当妈的看明白了。

老郭冷笑一声，没说话。妈妈问，哪里人？

曼曼说，上海人。

老郭心里一惊，上海，这么远。

老郭问，那你们怎么交往？异地恋可不行，他过来么？

曼曼说，他不来，我过去。

老郭急了，右手习惯性地抬了起来，妈妈见状赶忙再问，你过去做什么？

曼曼说，去了再说吧，演出，讲课，都可以。

老郭颤抖着说，你这边都要留校了，你知道留校多难吗？你是人家最近五年收的第一个！

曼曼看着老郭，眼泪吧嗒吧嗒地流了下来，像小刀子一样落在老郭心上。

妈妈也没经历过这阵仗，不知如何是好，只好劝女儿，你看你和小李都这么多年了，这个上海的才认识多久，不合适吧？

曼曼抽泣着说，我不喜欢他，我喜欢他。

老郭脸色苍白，似乎也没有仔细去分辨这两个"他"到底都说的是谁，呆呆地嘟囔着，小李哪里不好了……

小李没什么不好，不过是那些"虽然怎样怎样，至少如何如何"。

只是，在这时候，和那个老郭素未谋面的上海小提琴手比起来，小李身上的一切"虽然"都成了缺点，一切"至少"都成了鸡肋。

老郭心知大势已去，还是勉强争辩道，那你当时还答应人家的求婚！

曼曼缓缓地说，因为还没遇到他啊。

回房，老郭叹了一口气，唉，都是我宠的。

那晚他感到浑身都是钻心的疼痛，就像好不容易忍痛在骨头上打地基修筑起一栋高楼，却被一瞬间连根拔起。

按理说，热爱音乐的老郭若是得了个小提琴手作为女婿，也不是那么难以接受的事情。甚至连老婆也劝他，你看，你那么喜欢音乐，小提琴手说不定还能跟你聊上两句，不是比小公务员要好得多吗？上海远点就远点，再远还能远过美国吗，坐飞机也方便，两个多小时就到了。

但老郭就是止不住地难过，自己也不知道是为了什么。

他一直担心，担心别人会负了女儿，谁知最后竟是女儿负了人家。

夜深了，那痛苦越发地真实，竟像是女儿负了自己。

老郭的脑海里浮现出年轻时看过的一部阿根廷电影：中锋在黎明前死去。

这是一部在那个年代几乎每一个老郭老李或老张都看过的电影。

电影里的男主角是个叫"卡丘"的足球中锋，与爱人私奔未果后杀死了万恶的资本家，幸福就在眼前却遥不可得，最终被绞死。

老郭想起来电影尾声的一段音乐，绝望的长号声和着肝肠寸断的小提琴旋律，几声钢琴点缀其中，撩人心弦。

他为女儿规划的生活已经云肚泛白,却还是折戟黎明之前。

其实,若真是场电影,他老郭同志的形象或许更像是那个万恶的资本家,只是此时此夜难为情,认定自己是个悲剧的男主角,倒在最美的黎明之前。

曼曼走的时候老郭没去机场,老婆陪着去的。

倒是小李,很好心地开车来送,据老婆说,小李似乎也没有那么难过,两人还是好朋友。

看来这事情里最难过的,也就剩老郭了。

小李一直以来都像是江湖大佬老郭派出去的卧底,潜伏于女儿的生活,埋伏在女儿的未来。

如今这一出戏演到了最后,卧底被除名,老郭在天台上面对女儿的枪,心里喊着,我是个好爸爸。

一个声音问他,谁知道?

老婆悄悄从卡里转了些钱给曼曼,老郭不是没察觉,只是不知道该用怎样的态度面对,干脆假装不知道。

他不再和曼曼打很长时间的电话聊天,也不再问曼曼,生活如何、快乐几分。

当然，他只是不再问曼曼而已，常常在寂寞的夜里催促老婆，你快给她打个电话，问问最近怎么样。

老婆也开始不听话，于是老郭只能独自卧在书房的躺椅上，放上一曲马思奈的《沉思曲》。

这是一曲小提琴独奏，独奏声中，他会开始自己想象，那上海的小提琴手是个怎样的人？对曼曼好不好？是不是也符合关于上海男人的一切传说？会不会在吃饭时给女儿夹菜？有没有那么多的花花肠子？是否因为常喝酒吃肉而有了三高？既是小提琴手，是否也能拉出一曲婉转悱恻的《沉思曲》？

嗯，若是可以，兴许也不是个坏选择。

一年后的某日，曼曼已经在上海定居，说是定居，其实也就是和小提琴手一起租了个房子。

老婆在外做头发，老郭在家又开始想念女儿，独自踱步之间便走进了曼曼的房间，距离她春节回来已经过去几个月，房间里没了钢琴声，显得寂寥。

书架上摆着几摞CD唱片，都是老郭曾经一张张挑选给女儿的，钢琴、交响乐，都是老郭心中最美好的东西。

还有小提琴，念及此，老郭的心紧了一下。

其中有一张的颜色很扎眼，是粉色的，侧封上印着：少女的祈祷。

《少女的祈祷》，巴达捷芙斯卡的名曲。

但老郭不记得自己给曼曼买过，抽出来看，封面上竟然是个中国女人，唇红齿白的，侧面用繁体字印着：杨千嬅，少女的祈祷。

这个叫杨千嬅的人老郭不认识，但他对巴达捷芙斯卡还算喜欢，心想，听听看好了。

谁知一拆开CD盒，里面夹着个千纸鹤，打开纸鹤，是一封情书。

大意就是我很爱你，我会一直等你，一直追求你，直到你爱我为止。

看落款，是那两个高中时期被老郭谈话过的"心思不纯"的男生其中之一。

老郭心里"咯噔"一下，五味杂陈。

把CD放入唱机才发现，这歌是粤语的，一个字也听不懂。老郭只好回屋找出老花镜，吃力地看着CD歌本上的蝇头歌词。

"祈求天地放过一双恋人,怕发生的永远别发生。"

"我爱主,同时亦爱一位世人,祈求沿途未变心,请给我护荫。"

女儿是84年的,老郭是54年的,杨千嬅是74年的。50后的老郭听到70后的女歌手唱出那句"同时亦爱一位世人"时,心里想起了自己80后的女儿,有些难受。

他发现,流行音乐其实也挺好听的,也是有感情的,未见得就比巴达捷芙斯卡的《少女的祈祷》轻薄。

女儿私藏起来的一小段青春被老郭在这个下午挖了出来,即便当时并未真的发生些什么。

那个男孩早已从曼曼的生活里销声匿迹,信誓旦旦的情书最终还是破了功。

但老郭忽然明白了,原来爱曼曼的人,并不只自己一个。

写情书的这小子、小李、那个上海的小提琴手,或许还有别人,大概都是爱她的。

当然不如这当爹的爱得深刻,但至少都是爱的。

而曼曼，不过是爱上了他们中的一个罢了。

他又想，或许是女儿比自己更爱音乐，才会选择了一个小提琴手。

而这是否也能算在他老郭"培养得好"的范畴里，老郭不知道。

爱上一个小提琴手也并非那么糟糕，上海的或是海上的也不是什么关键，关键是，老郭终于不在这出戏里了。

一个一生被父亲保护的女儿，总会在某一刻遇见一个比父亲更有魅力的男人，那是每一个父亲的噩梦。

自那时起，女儿便不再是那个完美的女孩，她们去爱去恨，去拥有去放弃，甚至去放纵，去背叛。

这件事没那么复杂，曼曼不过是终于爱上了一个父亲之外的男人，感受到一份父亲给不了的幸福，而老郭，不过是无法面对罢了。

收起CD，老郭慌了手脚，因为那个千纸鹤他折不回去了，慌乱之中忽然感到腰间刺痛，直钻心窝，一纸情书飘落地上。

老郭手扶书桌，想要捡起却弯不下腰，那一股钻心的痛化作冷汗从额头渗出，老花镜也歪了。

此刻，他知道，女儿长大了，而自己，终于还是老了。

至于孰先孰后，又有什么关系呢？

腰椎疼了两年后，老郭终于满了六十岁，生日是和老婆在骨科诊所里过的。

老婆的腰椎也不太好，那天两人各自趴在铺着白色床单的长条床上，两位医生使劲地按着，哼哼唧唧之中老婆忽然说，老郭，今天是你生日吧？

老郭趴着不动，叹了一口气说，六十啦，我也六十啦。

老婆在一旁悄悄发了条短信给女儿：你爹今天生日。

不一会儿，老郭手机响了，是曼曼发来的信息：老爹，生日快乐！你和妈的腰都好些了吧？想要什么礼物我给你买，过一段时间就回来看你们。

这是几个月以来曼曼第一次主动给老郭发信息。

老婆斜眼偷瞄老郭的表情，有些幸福，又有些黯然，颤抖的手指在屏幕上书写着什么。

沉默半响,老郭自顾自地说,你知道我这叫什么吗?

老婆以为他在问医生,医生以为他在问老婆,没人说话。

老郭的气息随着医生的按摩起伏,一个字一个字地蹦出一句话来。

我,这叫,中锋,在,黎明前,死去。

说罢,似乎觉得在六十岁生日说这话并不吉利,又补了一句,不行,还没死!还要战斗!兀自哈哈地笑了起来。

在一千七百多公里外的上海,曼曼收到爸爸的信息,笑开了花,转头对身边的男人说,我爸要见你。

男人也笑了,搂过她在额头上吻了一下。曼曼的一头长发染成了栗色,睫毛精致而修长,一袭纱衣配上酒红色的长裙,笑起来丰唇微颤,娇媚可人。

一双赤脚在地板上啪嗒啪嗒地拍打着,也不知从哪天起,终于褪去了一身稚气,孕育了万种风情。

信息里还说,有个礼物要送给曼曼,曼曼猜了半天,会是什么呢?该不会又是……

六十岁的老郭趴在床上,医生推得他左晃右摆。

他心里当然还有自己的算盘,想着想着就情不自禁地哼起歌来,川味十足的粤语,没人听得懂。

女儿未嫁,黎明未至,中锋老了,但确实还没有死去,还能跑,还能爱。

火车带我去思念

午歌

———

身高 188 公分,文艺理工男神。

文字飞扬恣肆,内里却又深情动人,被称为"文学界的周星驰"。

已出版文集:《晚安,我亲爱的人》《晚安,我亲爱的孤独》《一生有你》。

2004年大学毕业之后，我远离家乡，南下工作。由此至今（2013年），将近十个年头里，除了女儿出生的那年，但凡长假，必定辗转千里回到家乡，这中间，乘坐最多的交通工具就是火车。我经历了中国铁路近些年来的提速与升级，经历了从普快到特快，从特快到直快，从直快到和谐号动车，从动车到高铁的步步变迁，我和我媳妇是中国铁路蜕变升级的直接受益者。我们的行程由最初的近二十四小时，缩短为最近的六小时。这是一次以速度赢得时间的华丽胜利。

我工作的城市位于我国的京九铁路干线，而我家位于华北平原京广干线上。刚工作那会儿，从老家出发回单位，不得不到上海中转。乘坐的火车又是K字头的普快，说是普快，其实差不多也是见站就停的慢车。上了火车，一路晃晃悠悠，车厢铰链卡扣的摩擦声，车轮与铁轨接头的撞击声，阴阳调和，不一会儿就把人拽入梦乡。一觉醒来时，又是一站。一站启程，又是一觉。走走停停，天色总是间断着、跳跃着暗淡下来，仿佛有人手动调节着天空显示器的亮度。

到了夜晚，车厢里总会弥漫着方便面味儿和臭脚丫子味儿，运气好时，还有几缕鼾声，遐迩清扬，偶尔还能听到带着水音儿的，像石子在湖面上弹跳，激起一簇一簇的水花，像锦鲤在湖水里吐纳，冒出一串一串的气泡。那时候的方便面花色、品种远没有现在这么丰富，搭鼻子一闻，迎风飘洒的差不多都是红烧牛肉的口味，倒是臭脚丫子的味道纷繁，浓郁的、轻薄的、涉世未深的、沧桑老成的，五味杂陈。到了半夜，臭脚丫子味总能把方便味全面围歼，有时候我半夜醒过来，饿得肠腹里钟鸣谷应，却堵在水泄不通的车厢里动弹不得，恍惚中嗅到一绺突围而出的"红烧牛肉"，浑然觉得车厢变得美好起来。

庆幸的是我在华北平原的京九线上讨到了老婆，这事儿让我娘高兴了好一阵，因为她再也不用担心她的"路盲"儿子，在挤了一夜的火车之后，还要在人潮汹涌的大上海进行中转换乘了。每次返回单位，我和我媳妇都搭乘T字头的夜车，行程消耗由原来的二十四小时，缩短为二十一小时，铁路大提速后，又缩短至十八小时。

为了赶上这趟车，我和我媳妇总要在半夜两点钟启程出发。好在岳父家离火车站不是很远，冬夜打不到出租车时，徒步走到车站也就是半小时的时间。岳父岳母为了让我们多休息一阵，常常提前一小时起床，为我们做饭收拾。有时又干脆不睡觉，一直熬到叫醒我们的钟点。

那些年，那些赶火车的日子，一家人在静寂的冬夜摸黑出门。岳父最先下楼打开储物房，铁锁碰触房门的声响总是清脆得让人警醒。岳母推着自行车走在前面，我和岳父扶着大行李箱跟在后面，妻子拉着小行李箱走在一旁，窸窸窣窣的脚步声、车轮声、行李箱的滚轮声，穿越过一条坑洼的小道，将浓黑而深邃的冬夜，撞击成细碎的小块。没有月亮，星子分外的明，残雪尚未消融，月台上分外的冷。岳父岳母开口叮咛时总在嘴边挂着一团玉白的哈气，那团哈气，遮住了铁轨上驶来的微茫的光，那团哈气，终归在铁轨的一端，化作星星点点的微茫。

岳母常说，花在中国铁路上的钱，都是从中国铁路上挣回来的。这话一点没错，我岳母应该算得上铁路世家出身，她的父亲及兄弟姐妹一家人全部都"奔驰在铁道线上"，而她自己，除了在地方铁路局里担任一名幼儿园老

师，还嫁给了一名国铁的火车司机。按照时下流行的说法，我媳妇至少应该算是一名铁二代（俗称铁姑娘，约等于女汉子）。

我的岳父出身革命世家，他的母亲是军团里有名的双枪老太，父亲也是新四军的干部。新中国成立后，父亲在教育口供职，本来我的岳父有多次保送读大学机会，可他一一拒绝了。他说，他从小就喜欢小火轮，那玩意儿，在他跟他的母亲回姥姥家省亲的路上就深深迷住了他。那时的小火轮，是"东方红"号的蒸汽机车，有着高大的烟囱和健硕的轮毂，冒着浓郁的白烟，发出让人振聋发聩的号叫，"呜呜呜——突突突突"——我的岳父绘声绘色地跟我重现了当时的场景：浓烟滚过的月台，一脸憧憬的少年，在那一刻便情深意笃地下定决心，要跟"那玩意儿"耗上一辈子，于是，后来，他便成为那名让地铁幼儿教师情深意笃的国铁火车司机。

从我国最后一批蒸汽机车到新一代燃油机车，我的岳父见证并践行了中国铁路的飞速发展。从司炉到副司机再到司机，我的岳父在极短的时间内实现了职业生涯的跨越。1981年,他成为系统里最年轻、最优秀的火车司机,也是那一年,他的老婆为他生下了一个女孩,就在那个月,他的工资第一次拿到了100元,人生就像搭上一列开往春天的地铁,天心月圆,华枝春满。

我的岳父送了我一块北京铁路局发放的纪念手表,手表的背面刻有"北京铁路局安全生产2000天纪念"字样。这些年我一直戴在手上,一来这代表着我和我媳妇与中国铁路浓浓的情分,二来我自己也是做安全工作,一枚刻有安全生产纪念的手表箍在手上,也时刻提醒自己要把握安全,坚守安全。

为了向中国铁路表达敬意,结婚前夕,我和我媳妇还特意拍了一套"铁轨风情"的外景写真。

悠长的铁轨仿佛悠长的思念一般蜿蜒无尽,那是系在我们身上,拽在故乡手中的长线——无论天有多高,无论飞了多远。

我媳妇初来投奔我时,我提醒她说,我这边租住的房子离火车道很近,晚上火车经过时吵得很啊!我媳妇说,没关系,我就是铁道边长大的孩子啊!

为了图便宜，我当时租住在毗邻铁路的一幢居民楼里。南阳台正对着铁轨，仿佛触手可及。铁路旁长满了葱翠的水杉，白天望向窗外，我们惊艳于水杉树的峻拔风姿，加之黝黑的铁轨蜿蜒无际，好像上帝随手在俄罗斯风情的插画册里扯掉了一页，糊在我们南墙上。夜里四下静寂，机车飞驰的震颤，让整个房间筛糠似的抖动起来。惊得我们家女汉子高呼："Oh, My God！离这么近啊！"

出租屋里没有热水器，一年四季只能名副其实地"冲凉"，家具也极为简陋，勉强能维持日常使用。后来我们几经搬家，最终买的房子还是落在火车站的旁边，按照佛家的说法，我们前世和火车、铁轨一定是因由殊胜吧。现在思量起来，一点不觉得那些租住岁月凉薄与艰辛，相反，在午夜梦回时，耳畔恍惚听到风驰电掣的火车声，觉得躺在岁月的颤动的怀抱，是那么生动、那么踏实。

去年开通的"和谐"号，第一次把回乡的旅程缩短成了个位数。往往是一打啤酒还没喝完，一只烧鸡还没啃干净，就要和车厢"Kiss Goodbye"继而"Gone with the Wind"啦！今年国庆，终于搭上了心仪已久的G字头，由于车厢设定禁止超载,再没出现过人挤人,人压人,人肉罐头的场景了。长途被压缩成了短途,车厢里也鲜有弥漫着"红烧牛肉面"和各色臭脚丫子的味道了,车厢更宽敞、更整洁;乘务员更高挑,更漂亮,旅行变得更短暂,更舒适。

据说,思乡是人类的一种本能。人类都有一种回到本初的愿望。那些"生于斯,长于斯"的旧时光,就像压在箱子底的老照片一样让人惜怜,让人唏嘘。而一样的时光,根植在孩提时代的沃土中就会生长得异常从容。譬如说一条旧马路,一畦油菜田,那或许是你童年时代的大部分的生存空间,你的喜怒哀愁,你的晨昏日暮,全于此尘埃落定。你熟知马路牙子上白杨树的每一只眼睛,你了解油菜地里所有狗尾草的枯荣,你能闻得出是哪家邻居炖了鱼,哪家新煮了老玉米,你知道什么时段收音机会放一首小情歌,几时夜里会响起嘹亮的汽笛。这便是故乡,是童年,是凝练的旧时光,是本初的好日子。

铁轨连着家乡,是悠长悠长的思念。火车带我们穿越,回到记忆的故园。我喜欢坐在火车上,看一窗一窗的风景变幻,喜欢一站一站盘算,归程的时间,喜欢那"红烧牛肉面"味道的车厢,甚至喜欢那带着水音儿的呼鼾。火车速度在提升,故园的距离在缩短,而思念,从来就是呼啸而来,盘亘无边。

远行的人,你是否也回到了家

花大钱

——

"ONE·一个"APP 高赞作家,微博人气博主。

留学伦敦,浪迹欧洲。

新浪微博:@ 花大钱

第一个没有回家的春节。

年关迫近的时候,我还在学校上课,准备小组讨论,为大年三十那天要交的小论文烦心。日常忙碌,根本无暇捕捉那些零碎情绪,对家的想念也只是在路上突然听到国语时扑簌簌抖落一丁点,或是在地铁上撞见一大家子出行时偶有乍现。但终归只是虚晃而过,根本不足以拧成一股痴缠的牵挂。

心里反倒还觉得有些许轻松,终于有一年可以被那些繁琐的拜年礼节,那些无力应对的祝酒场合给排除在外了。春节,这项给全中国人隆重布置的作业,今年终于不用交卷。怀着这样铁骨铮铮的心情,春节似乎也就沦落得更为疏淡了,就跟每日登于报端的油价房价一般,都是看似与我们切身相关,但又仿佛遥远得毫无干系的东西。

周三那天是大年二十八,其实我哪里知道什么大年二十八,只晓得明天周四没有课,可以趁机睡个懒觉。妈妈大抵也是知道我周四得闲,平日里不舍得打扰我,只在周三晚上给我发来微信,问我新年准备怎么过。

不怎么过，就跟平常一样呗。我躺在床上漫不经心地搭话。

你不在家，我跟你爸今年就来外婆家过年了，这会儿正在搓猪油汤圆呢，你最喜欢的猪油汤圆。

"猪油汤圆"！这四个字简直一下就把我噼里啪啦点燃了。已经飞快从床上蹦起的我一手攥着被角，一手攥着手机，急切又郑重地把它放到耳侧，重新把我妈刚发的那条语音听了一遍，妄图从中捕捉一点猪肉汤圆下锅炸时发出来的清脆响声。

那是可以松动我整个灵魂的声音，那是可以让我衰微的肉身重新苏醒的声音。

自打记事起，每年过年外婆都会搓好多猪油汤圆，汤汤水水煮一锅，热油滚滚炸一锅。汤圆从馅儿到面，都是自家做的。上好的黑芝麻洗净沥干，拿大铁锅炒吧炒吧，香气能飘出十里远。再放入石臼舂碎，混上凝脂般的猪油，粉粉的绵白糖，使劲团呀团，直到搓成细密的馅儿。外皮不用擀，只要在糯米小面团上用拇指掐一个洞，放进馅料搓圆就可以下油锅了。

"呲啦呲啦",外婆在灶台上炸,我就咬着筷子巴巴地望着,看看油锅里平地绽出一朵朵金黄的花,看看小小的汤团变得鼓胀饱满,换上一件件蓬松灿烂的衣裳,看看外婆夹起刚刚炸好的汤圆,吹一口气,再腾到我的嘴边。我自然是一分一秒都等不了,赶紧一个送入口,上颚被烫得微微发疼,可牙齿才管不了这么多,赶紧咬下炸得酥脆的外皮,里面的黑芝麻猪油馅儿早在热油的攻势下化成晶莹一摊,咬开黏黏糯糯的皮,热烫甜油瞬间汪满整个口腔,根本腾不出嘴来发出一声由衷的赞叹。

就这么一段遥远的细节,彻底把我打败了,像是一张弓被拉到极点,嘣的一声,弦断了。纵使心再铁骨铮铮,胃,还是那么不争气啊。我听到它在流泪,在哀号,在呼救,像只未能饱餍的幼兽,再怎么安抚都是徒劳。

我要吃炸猪油汤圆,立刻,马上,生命里已经没有比这更要紧的事了。飞快跳下床,打开冰箱门,却看到里面只有半截火腿,放了好几天颜色变得有些哀怨的西兰花,

隔夜已经发硬的鸡丁炒饭,吃了几口的番茄肉酱千层面,上面还有一团心不甘情不愿软瘫瘫垮泄的芝士。没有我的炸猪油汤圆,什么都没有。

那一当下简直要流出两泡热泪来,家中冷盘热菜,云蒸霞蔚,热热闹闹过大年,而我在离家几千公里的异处,深夜对着一个空空如也的冰箱。

委屈,沮丧,但更多的是抓心挠肺的迫切,想立马出发,想日夜兼程,想来到外婆的灶头,就只为了尝那么一小口。原来啊,思乡之情,并非没有,只是被我锁在了胃中,就像抽屉深锁物什,平日里忘了也就忘了,怎会知道"胃"竟是"心"的另一重?可一旦太平洋的风捎来丝丝缕缕家乡的灶台烟火,一旦不争气的味蕾尝到零星半点熟悉的味道,这份情便攻城略地,泛滥成灾,如同那锅忘了及时关火的汤,噗溢满地,一塌糊涂,却也无从收拾。

怀着这份"似月球引力,一夜便涨起"的思乡之情,我第二天一大早就去了中国城觅食。至于那个没怎么睡好的后半夜,现在想来恐怕比很多人的余生都要漫长吧。

就跟全世界其他国家的中国城一样,伦敦的中国城也是一样的老套,一样的俗气,一样永远带着一股子生龙活虎的土。只不过春节临近,又比平日多了一份躲不开的凡俗喜气。满街许冠杰陈淑桦的粤语情歌被换成了循环播放的"恭喜发财""新年好",红艳艳的灯笼,金灿灿的元宝,好比挥霍一般挂满了整条街,一副十丈红尘匝地扬的架势。

可惜心中记挂着吃食,便无心沾这份喜气,只是匆匆跟朋友钻进了一家平日里常去的中餐馆。按照冷盘、热菜、汤的顺序,假模假式地给自己点了桌年夜饭,皮蛋豆腐,红烧肉,白灼芥蓝,排骨莲藕汤,还有新年特供的八宝饭。点罢,还是觉得不甘心啊,往年在家里,冷盘便能摆上一桌,白斩鸡、凉拌海蜇、酱鸭、泥螺、四喜烤麸、蛋饺、新风鳗鲞,当然还有红膏炝蟹。整只丰膏梭子蟹,用盐水浸腌之后便可上桌,掀起蟹盖,立马能看到一层厚厚的桔红色红膏。喫一口蟹膏,鲜咸鲜咸,连鼻息都久久浮动着一股鲜味。蟹肉则晶莹剔透,比葡萄肉嫩滑,服帖帖地卧在舌头上,都舍不得咽下。要是还能配上一碗滚烫暄软的白米饭，那简直就是醉生梦死的感觉。

热菜的花样就更多了，什么炖蹄髈、雪菜烧黄鱼、响油鳝糊、笋干烧肉、土鸡汤、清蒸鳗鱼、油焖大虾、梅菜扣肉……简直数都数不过来。妈妈那道蒸了好几个小时的梅菜扣肉总是腾着袅袅的热气，香得掉眉毛，酥烂软糯的肉一入口，脑中便只剩一个念头："环肥燕瘦"，这四个字是专门用来形容梅菜扣肉的吧。还有爸爸，总是一筷子夹起雪菜烧黄鱼的鱼尾肉和清蒸鳗鱼的脸颊肉，放到我的碗里，告诉我这是活肉，是整条鱼最好吃的地方。

唉，真是不能再想下去了，回忆都是镶了金边的陷阱，得赶紧低头扒饭，赶紧送一口桌上十镑一盘还硬生生的红烧肉，聊以宽慰这心底的怅然。

饭吃到一半的时候，邻桌从几个广东女人换成了两个五六十岁的中年男人。

饭馆很吵，但他们的对话还是幽微地钻进了我的耳朵。

"上海啊，很久没回去了，得有二十几年了。"说话的男人跟我坐在同侧,我看不清他的脸,只觉得他的中文讲得磕磕绊绊的,有种小学生写在田字格里那种歪歪扭扭的字迹的既视感。

"不认识了,回去肯定认不得了。我走的时候,还有老虎灶烧开水嘞。"

席间都是那位男人在回忆自己以前生活在上海的时光,什么永安百货、国际饭店、德兴馆、大光明电影院,什么青团子、大馄饨、炸猪排。

但他口中的上海,那个石库门里的上海,分明跟那个我曾生活了四年的上海不是同一个。

侧耳偷听了别人这么久的对话,着实忍不住想看一眼那位男人的长相,于是便假装不经意地偏头去看他。谁知一转头,先是看到了挂在他头顶墙上的那幅巨大年画,上面画着喜鹊衔梅枝,下书四个大字"恭贺新春",周围还有一圈金色的亮片纸,泛着一股老气又廉价的光。说实话,国内早就不做这样的新年装扮了,但千里之外的异国,却依旧沿袭着这样大红大黄包礼物式的装扮方法,就像小时候为了上台表演大合唱而特意打的腮红,用力过了头，看起来似乎有些可笑，但多看几眼，竟又有点心软了起来。

突然之间，我好像一下子明白了为什么在这么一个矜贵的城市里，居然能有中国城这样一处被赦免的地儿，不用作洋气的打扮，也不用施摩登的粉黛，在时间大潮的推搡下，它拒绝往前走，执拗地留在了八九十年代，执拗地留在了早一代移民离家的时刻。原来，只是为了他们保留那个记忆中故乡的模样。

这样想来，春节存在的意义大抵也是如此吧，它站在岁节更替的节点上，并不是为了让我们"往前走"，而是提醒我们"回头看"。

只有懂得驻足回首，那些活着所承受的重力，才能在年复一年的春节中，被一截一截抵偿掉。那些行走人世间所沾染的风尘，才能在年复一年的年夜饭中，被一碗一碗地接住。

就像本雅明说过的："使节日变得伟大而重要的是，同以往生活的相逢。"

而以往的生活究竟是什么呢?

我想大概是窗外水汽氤氲,灶头白雾腾腾,腊肠已经切好,黄酒早就烫热,忙着准备年夜饭的妈妈突然喊了你的名字:"去小店买瓶醋!"

大概是,坐在外婆腿上给带烟囱的大锅添火加柴。

大概是,就算你身在天涯,依然知道有人做了你最爱吃的猪油汤圆。

大概是,抖落一身风尘,远行的人终于回到了家。

回家的意义

姚瑶
——

作家、翻译、摄影师,"ONE·一个"APP签约作者。

著有《天冷就回来》《失眠症患者的夜晚》《生活上瘾指南》等;

译有《不可能的堡垒》《心是孤独的猎手》《绿山墙的安妮》等;

已出版作品:《时光电影院》《风从海上来》《用一本手账过好一年》。

一开始，人人都说旅行的意义，去远方这个举动充满了莫名其妙但又郑重其事的仪式感。我们都爱三毛的故事，我们都有一个走啊走啊走不到的目的地，有太多说啊说啊说不完的唏嘘。

后来，人人都嘲笑旅行的意义，嘲笑强说着意义的旅人，离开自己的城市去一次别人的城市又能改变些什么呢？所以，一切根本毫无意义。

人们越来越喜欢不断地赋予意义，再不断地拆解意义，在无端追捧之后再无端谩骂嘲讽，或许就是有人不想这样消磨掉本来就毫无意义的人生，所以宁愿去陌生国度的街头，喝一口烈日下痛快的啤酒，管别人嬉笑怒骂。

我想，关于旅行，也许一切的意义都建立在你必须从别人的城市再回到自己的城市，如果失去了"回家"这个动作，那么连"旅行"这个概念都无法成立。正因为有一个我们迫切想要离开，又在离开之后总归要回去的地方，才有了争论旅行意义的可能。

在地中海和来自世界各地的旅人一起看日落时，我看到世界的庞大，无数的人与无数生活，往后每当生活中有所执念，我都会提醒自己那一场盛大的落日，告诉自己，太执着于眼前是因为忘了世界有多大。而这不断的提醒，恰是为了能够继续面对不那么令人满意的碌碌庸常。

而旅行之所以令人兴奋，除了去体验不同的生活方式，看看不同的蓝天白云、山川河流，最直接的冲动，其实就来自要离开熟悉的房间、熟悉的街区和熟悉的面孔，兴奋源于离开日常，之后才有每个人不同的诉求。

2015年的秋冬，我和多多好像一直在高铁和飞机上过日子。十月我们去了黄山，宏村，西递，呈坎，屯溪，十一月返回北京，十二月去柬埔寨跑了人生第一场半程马拉松，一月去了南半球的长白云之乡，回到北京的家中不到一周，又继续高铁回了我的故乡，淮南。

从新西兰回来后，结结实实地病了一场。回程的飞机上我发起烧，空前迫切地想回到自己的床上。在床上躺了两天，我想我一定要狠狠在家宅上好几个月，这是我第一次冒出这样的想法来，之前总是想着要一直在路上才好。

所以，我们其实总在下意识逃避一种充满惯性的生活，当日复一日的旅途也开始变成习惯，宅便开始有了新的吸引力。

因而，在准备回家过年时，我连收拾房间也变得充满感情起来。我是那么喜欢我的麋鹿茶几，喜欢我薄荷蓝的复古书桌，喜欢我和多多在书房搭起的小影棚，喜欢上午十点钟落在木地板上的阳光。我坐在摇椅上晒太阳，放小龙猫 LATTE 出来在各种毛绒玩具上摆着大屁股跑跑跳跳，所有的旅途都变得遥远而模糊，大概等我老了以后，此前漫长的人生也都会如行过的风景一样，慢慢呈现出触不可及的美好。

当我终于坐在家中，曾到过的他乡，又分外地温柔起来。

比起旅行，也许支撑起我们全部生活的意义，就是回家。

这世上的一切似乎总要成对出现，每一个单词都一定有自己的反义词，所以就算一直在路上的人，也会不断给自己建立一个家。三毛在撒哈拉安家过生活，那些流落丽江束河的文艺青年，经营民宿也好，走走停停也罢，总要有个四方空间，来安置自己，好在一天结束曲终人散后，

能答别人一句，回家。

没有了这个出去后可以回来落脚按下暂停键的地方，就没有了"出门"，也没有了"旅行"，没有"家"，也就没有"远方"，失去了坐标，也就失去了丈量的标准。也正因这个困住我们的四方囚笼，旅行才让我们感觉自己如此不同，如此充满存在感。即使你下定决心不要自己的狗窝，背起行囊苦行僧般风餐露宿，我想"故乡"两个字大概就成了你最有仪式感的一个词。是这个词，让你把自己走成了一句诗。

此刻，我躺在家里的沙发上，妈妈买了长得很好看的速溶咖啡，我兑上热牛奶，一面喝一面同爸妈一起看电视，偶尔抢多多的手机玩一款转珠类的卡牌游戏。我自己家里的电视早就不交有线电视费，我不看电视节目，也渐渐不是很关心天下大事，电视就是为了连上盒子看电影的。但只要回家，我也变得很爱坐在电视前一动不动，随手抓点零食往嘴巴里塞，什么也不想做，也没有任何烦恼。我珍惜这些又俗又暖的琐碎，也喜欢在围桌吃饭的时候，把旅途见闻不厌其烦地讲给爸妈听。

回家的神奇之处在于，它会让你觉得自己同世界完全断开了关系，往日在乎的事情变得一点也不在乎，往日烦恼的症结也完全抛诸脑后，虽然我该做什么还是要做什么，每日里联系的朋友也还是那几个，地域的转变并没有从本质上改变我生活的任何部分，但，就是那么的不一样，我的世界极速缩小，小到除了幸福感，什么也容不下。

或许是因为家这个空间其实承载量很小，走进这扇门，就自然把生活中并不那么重要的人与事挡在了门外，也因为回了家，完全让自己瘫痪在沙发上，才知道，世界熙熙攘攘，和自己有关的，不过这屋里的寥寥，就算和全世界斩断了关联又怎样呢，不伤筋不动骨，毫发无伤，毫不可惜，只要还有家可回，就足够闷头往前冲，一往无前地去受伤。

就像万千普通人，没有谁会一直在路上，总要调转回头，将来路再走一遍，回到自己的家里去，旅途因此像芝士蛋糕上那颗腌制过的车厘子，显眼、好味。

回家也是一样，我们不可能天天放假，天天在家睡觉，我们要走出门去争夺资源，去在职场上做窝囊的好人或者厚脸皮的坏人，每个人的人生都像按下的快进键，回家那片刻的暂停，才那么那么的清净。

我们都不是那么与世无争，也不是那么安贫乐道，我们有很多很多的欲望，离开或改变，而这一切远方的星辰大海，意义丰沛，都因为有去有回，才格外贵重。这大概，就是无论走了多远，总要回家的意义。

新房

陈齐云

1985年生,福建福清人,旅居澳洲。首届故事大爆炸评委会大奖获得者,网易人间作者,"ONE·一个"APP作者。

旧街还是三十年前的样子，煎饼摊挨着剃头铺，边上是门面掉光了漆的供销社，再往后走，就是挨着铁器铺子的幼儿园。幼儿园早几年还开着，后来年轻一辈的人都往外头跑，生源越来越少，没撑几年就关了门。这条旧街见不着几个年轻人，一楼是商铺，二楼则住着一群不愿意随孩子搬走的老头老太太。秋天刚过完，天还不至于太冷，这群老人就穿着双夹拖端碗上街，随意蹲在哪家的门口拉起家常。午后，一辆越野车晃悠悠地穿过逼仄的青石街，停在刘老爷子家门口。一个蹲着吃面的老头探起身子问铁器铺子的掌柜："强子回来了？"

"可不，听说要带刘老爷子去南方。"铁器铺子的老掌柜从锅里端出一碗早晨吃剩的粥，也蹲到老头的身边。

"老爷子甘愿离开这条街？他可是个恋旧的人。"

"恋不恋旧倒是其次，这儿是家。"

"况且刘老爷子那个样子，到哪儿能活得像这里畅快？"

车门开了，刘志强扶着一个戴瓜皮帽的老人下了车，后面跟着一个短发干练的女人。他们上到二楼，老爷子默不作声地从门边摸出一条拐棍，拄着走到小阳台。他坐在石凳子上，目光落在不远处幼儿园的旧墙上，那儿画着一片海。

志强走到阳台，正要开口说话。刘老爷子却扭过头，露出憨厚客套的笑："小伙子，你是？"

志强正要接话，老爷子又转过头，看着那面画着海的旧墙唠叨了一句什么。志强想揽老爷子的肩膀，手伸到一半又缩了回来，他迟疑了一下，坐在老爷子身边。远处的村庄炊烟四起，那条父亲带着自己玩耍的河流早就被填埋，每天吃的煎饼摊倒还在，只是和母亲要好的那个蔡婆子在母亲去世后的两年也过世了。

"小伙子，你在哪儿上班啊？"老爷子回过神，问道。

"南方，我在南方工作，那儿有海，真正的海。"

秋蝉的叫声一浪接着一浪，黄昏的旧街终于热闹起来，老头老太太们似乎约好了一样，全都在街上走动，煎饼摊挤着一群人，因为都是熟识，又不赶时间，就有一搭没一搭地聊起来。志强在阳台上，看着他们不时地瞥向自己的车，猜到他们正在说的就是自己。妻子玉玲从屋子里出来。"刚你进去，医生怎么跟你说的？"志强瞥了一眼那扇斑驳的卧室的门，玉玲压低声音说，"吃过药，睡得很熟。"

"不乐观。"志强熄掉烟，看着远方渐渐被暮色淹没的小镇。

"不是说用了新药能好一阵子吗？"

"时好时坏吧，刚刚就在这儿，连我都不认识了。"志强把身子靠在墙上，晚风刮过父亲照料的茶花，春天还没到，那儿一朵花也没有。

"爸知道吗？"

"还没挑明，但肯定心里有数了。"

"志强，陪我去走走吧。"不知道什么时候，老爷子已经站在卧房门口，看样子状态不错。

"好。"志强起身，扭着头寻找老爷子的拐棍。

"门后头。"老爷子说，"我们老家伙放东西，选一个地方就不挪窝，不像你们年轻人，今天放这儿，明天放那儿，找不到就买个新的……"

"走吧，爸。"志强把拐棍递给老爷子，扶着他下楼了。刚到旧街，迎面的老头老太太便打起招呼："刘老爷子，这是强子回来了？"

老爷子笑起来："是啊。"

"听他们说，你要搬走喽？"

老爷子没应答，只是抬头看了看那盆茶花，径直往幼儿园的方向走。天渐渐黑下去，到幼儿园后墙，路灯一刹那亮了起来，斑驳的海在姜黄的灯光下，忽然就有了一丝暖意。老爷子在旧街的另一边远远地看着，铁器铺子叮叮当当的打铁声，卖菜和买菜的讨价还价声，供销社门口老人们下棋的嘈杂声，都在此刻汇成一团，悄无声息地钻进老爷子的身体，与血肉融合，变成他的一部分。天完全黑了，老爷子拄着拐棍走到那面墙前，俯身拾起地上脱落的墙皮，那是"海"的一部分，他拭去上面的灰尘，凝视良久之后，如同告别一般丢下那一小片"海"，径直往前面去。

志强走在老爷子的身边，低着头不知道该说些什么。老爷子边走边看，好像要把这些东西一样一样地刻在脑海里。兜了一圈快到家了，老爷子突然说："咱们爷俩上次这么一起走走路，应该是你妈过世那一年了吧？"

"嗯，有十来年了。"

"十二年，你回来四次，加起来十七天。"老爷子的声音小了下来，"知道你忙，你妈走了之后，有好几次我拿起电话,想打给你,又怕影响你工作。"

"爸,我这么卖命工作,也是为了咱们家生活能过得好一点。"

"你就不用担心我了,我有退休金,不用每个月给我汇钱,留着给乐乐吧。"

"乐乐明天就到了。你们爷孙也有好长时间没见了。"

"这么快?"老爷子高兴起来,"上次见他,小不点说想吃红烧武昌鱼。明天我早点起,去菜市买条新鲜的做给他吃。"

志强见老爷子心情好,就说,"爸,这次我们回来,想跟你商量个事。我们买了个新房子,想接你过去一起住。"

老爷子停下步子,路灯把他的影子拉得很长。他站在那儿一动不动,遥遥地望着自己的小阁楼,好像一棵树把根须扎进泥地。良久才低着头迈开步子往前走,志强跟在后面,不知道该说什么。到楼下,老爷子拄着拐棍走上逼仄的木楼梯,志强看着他的背影,想起小时候父亲接自己放学,总喜欢把他的书包挂在肩膀上,他走路颠,书包就一晃一晃,里头的铅笔盒发出的声音,像极了糖人郎用作吃喝的筷子筒。仿佛寻找到回忆的楔子,那些儿时的点点滴滴一下子就涌了出来,父亲用废轮胎做游泳圈带着他在河里耍水,去稻田里摸螺蛳,夯土抓鱼,包把玉米秆子抬到树上烤马蜂窝,再吃里面的蜂蛹,还告诫他不要让妈妈知道……

老爷子开了门,志强抢先一步要去开灯,却怎么也找不到开关。"旧开关拉绳坏了,现在换到这边了。"老爷子说,"我记性时好时坏,就怕到你那边啊,什么都找不着了,还得连累你们照料我。现在这个屋,虽然又破又小,可咱们在这儿活了一辈子,即使有一天我眼睛瞎了,想拿个什么也没问题,这脚和手,都记着呢。"

天还没亮,老爷子就出门买菜了。志强一夜没睡,要不是因为这次陪老爷子看病,很多事他都忘了。这些年除了每月打钱,真的很少跟他谈谈心。老爷子回来了,志强听见他哼着小曲,出来一看,桌子上摆着他儿时最爱的油饼糊糊。妻子去接乐乐,老爷子就在小阳台张望,车子刚到路口,他就颤巍巍地下去接。吃过饭,乐乐指着一个五斗橱旁边的小木头马问道:"爷爷,这个是干吗的呀?"

老爷子一下就得意起来,说道:"这是你爸小时候的玩具,爷爷给他打的。那会儿你爸比你还小,我们家没钱买不起玩具,爷爷就从废木厂捡了些料子,下班就做。他六岁生日那天总算赶完了,那时候这木马还刷着红漆,你爸别提多高兴了。"

乐乐坐了上去,老爷子一手拄着拐棍,一手扶着孙子的手背轻轻地摇了起来。乐乐高兴地大笑起来,老爷子也笑起来。志强在旁边看着,他很久没有见过父亲这样笑了。好像这些零零碎碎的老物件,不仅仅是对过去的念想,也是父亲记忆河流中的过河石,只有凭着这些东西,父亲才能摆脱病魔,回到十年、二十年、三十年之前。

玉玲似乎也察觉到这些,在老爷儿教乐乐做风筝的时候问:"爸,听志强说这衣柜和五斗橱,也是你和妈结婚的时候亲手打的?"

老爷子把风筝挂在墙上,脸上浮现出少年郎的得意,说道:"我年轻的时候啊,不敢说别的,手是真巧。就这家具,没有买过一件。全是自己亲手做。志强他妈就是看重我这一点，才嫁给我的。"

"除了这个，爸还特舍得给妈花钱。有一年我妈生日，家里饭都吃不饱，还花了一个月工资给妈买了一件羊毛大衣。"

"要是你不提，我都差点忘了。"老爷子说，"我去拿来，给玉玲看看合不合身。"

玉玲望着志强，志强朝着她点了点头。很快，老爷子拿着一件墨绿色的长款大衣出来，款式是旧了许多，但即使几十年过去了，材质摸着依然舒服。

"那会儿，四十块钱买的。我一个月工资也才四十二。你妈虽然嘴上说我乱花钱，但是我看得出，她有多喜欢这衣服。"

越来越多回忆从脑海里涌出来，不仅仅是老爷子的，也是志强的。好像打开了话匣子，老爷子指着五斗橱上的镜子说："这镜子是后装的，你妈三十岁生日那天穿着这件大衣足足照了一个晚上，对了，还有一样好东西，我也拿给你。"

老爷子进了卧房，不一会儿出来，手里拿着擦得锃亮的戒指："这也是给你妈买的，蓝宝石。玉玲，你试试看。"

玉玲犹豫着接了过来，老爷子说："这东西，得跟着人一代一代传下去才有灵气。不过有些东西，着实带不走了。"老爷子抬起头看着这个屋子，最后目光落在挂在墙上的妻子的遗像上，"分房子那阵儿，我费了老大劲儿才申请到这儿，那会儿这里可是繁华的地方。虽然不大，但这里所有的东西都是我和你妈亲手一点一滴布置出来的，和它们在一块儿，就够我一个老头子心安了。"

小阳台外头，乐乐喊起来："爸爸，我看到你跟我说的那片海了。"

老头子只是望向幼儿园的方向，并没有动。好像中间隔着的墙与街都不复存在，他只要闭上眼睛，那片海就可以在脑海中自行生长出三十年前的样子。"她最想看海，但那时候穷，要工作要养孩子，哪儿有那闲工夫去南方。后来我们合计，反正她会画画，不如就把那面墙画成海，这样每天吃过饭，就可以在小阳台看看海，别人眼里那是一幅画，但在我和她眼里，那里海水会涨会退，云会卷会舒，鸟儿有时候飞得很高，有时候又贴着海面……"

夜里,老爷子带着乐乐睡。志强和玉玲在客厅收拾,听见爷孙俩躺在床上说话。老爷子拿着相册,一张一张地跟孙子说,好像回顾自己的一生:"这张是爷爷当兵的时候,这张是爷爷和奶奶的结婚照,你看,那时候爷爷多年轻。这张,是你爸小的时候,跟你现在差不多大,你看这鼻子,跟你现在一模一样。这张是他上小学,衣服是你奶奶做的,特意做得大,这样可以连着穿两三季。还有这张,你爸去县里上高中,不知道从哪里借来的相机,给我们照的,看这桌子椅子,现在还在外头呢……爷爷生病了,有时候记不得事,你爸妈又忙,要是有天爷爷真忘记了,你别嫌烦,要一张一张地跟爷爷讲。你知道吗?乐乐,一个家就是靠着这些东西撑着,才不会散。"

志强的眼睛忽然就湿润了,他走到阳台上,看着那片海,终于拿起电话打了起来。

"喂,李总,我想了想,还是不要那套市中心的房子。升不升值无所谓……对,改成先前那套。我知道小,也离市区远……对,我要的就是它,还有,装修的事也麻烦你帮我联系。我可能要做很大的改动,待会儿图纸会发到你的邮箱……"

小年夜的傍晚,老爷子从机场出来,终于确认自己已经离开曾经熟悉的一切,他故意走得很慢,仿佛这样,就能离这个陌生的城市远一点,离远方的老街近一点。坐着志强的车穿过挂满春联和灯笼的店铺,穿过飘着炒栗子香味的街道,穿过喜庆的、熙熙攘攘的人潮。车子开出市区,沿着环城路走了一段,老爷子小声地安慰自己:"哪里都是一样,不是吗?哪里都是一样。"

车停下来,进了电梯。老爷子终于控制不住地发抖,志强犹豫了一下,终于紧紧地揽住父亲的肩膀,上次这样子和父亲持久而亲密地接触是什么时候?记不得了,也许是读初中那会儿,也许还要更早一些。

电梯停了下来,志强揽着父亲走到门前。

"爸,你开门。"

老爷子打开门,看见新房里的摆设和格局,如同旧街小阁楼的复刻版。屋里的玉玲正要招呼,志强摆了摆手。老爷微微张着嘴,下唇不自觉地抖动,五斗橱还是自己做的那个五斗橱，从门口到那儿刚好六步，边上的小木马重新上过红漆，上面挂着的脱胶的风筝也是从旧街那儿拿来的。断过腿的餐桌已经修好了，新的桌腿故意做旧，好让看上去不显得突兀。灶台是全新的，但那摆着的锅碗瓢盆，还是他最熟悉的那一套。

"这些东西什么时候搬过来的？我以为你都丢掉了。"老爷子说。

"前两天不是陪您回了一趟老部队，说要看看老战友嘛，就趁那几天玉玲找人运过来的。现在这个跟旧街的家一样，你再也不怕找不到东西了。"

"傻子，你们在哪儿，家就在哪儿。"

"来看看茶花吧，南方天气暖和，已经都开了。"

老爷子跟在志强后面，走到阳台，那盆茶花开得满树妖娆，老爷子凑到前面，用手细细地拈起一片叶子，喃喃道："南方的花，还是在南方开得好啊！"

"爸，你看这边。"

老爷子抬起头，不远的地方，是一片海……

家的欢喜，心之所依

崔锦路

国华纪念中学[1]高二（2）班学生。

---

[1] 国华纪念中学创办于2002年，是碧桂园创始人杨国强先生捐资创办的全国第一所纯慈善、全免费的普通高中学校，面向全国招收因家庭贫困面临失学且成绩优异的高中生。

踮起脚尖,听晨风拂过树林,那是家的呼吸;

伸出双手,感初阳掠过草地,那是家的暖意。

有蝶,轻拍花翼,曼舞飞扬,生命的活力展现于此。

而我的家,从不仅仅是那一方封闭的小小居室,当穿过层层高楼大厦,当双脚终于踏上柔软厚实的土地,当听着眼前斑驳木门在风中送来的吱呀问候,我知道,我到家了。

最喜欢走的路是回家的那条泥土小道。道路两旁虽然没有唯美浪漫的樱花,却有青松老榕,能让人从中感受到一股淡泊安稳之意;还有梧桐,它宽宽的叶是孩子们最常拿在手里的玩具。

很小的时候走这条路,总喜欢在离家门口还有几米远的地方挣开大人的手,嫌他们太慢,便自己迈小短腿往前奔走,路都走不了几步的孩子,何谈跑呢?可能是略低的洼地,可能是一块不起眼的石子,甚至根本没有什么障碍物,平平坦坦时,我都会跌个跟头,摔倒在家门口前。家里的大黄狗听见我在外面哭,兴冲冲地跑过来,围着我打转,尾巴摇得像朵花,也不知是嘲笑还是担忧。但哪怕这次摔了,下次快到家时,也依然会松开大人的手,噔噔噔自己去推门,唯一的区别是摔的次数多了,哭的时候就少了。

现在,当慢慢走在回家的路上,回味当初回家时不顾一切的急切心情时,才知道,那是小时候的我对家最真实的热爱和依赖的表现——害怕回去晚了,家就会消失,我就成了没有家的孩子。

后来到了初中,自己走路回家,也会不知不觉加快脚步,心中计算着离家的距离,混合了喜悦的期待在胸中不停翻涌,只有当我推开门看见熟悉的场景时心中才会安定下来。我明白,家有无需言明的安宁。

那时候,我最喜欢做的事是在家里"寻宝",几代人积累下来的"宝藏",装在几个没锁的箱子里,搁在西边床下。我常在没事的时候一头扎进去,在一堆灰扑扑的物件中找寻有意思的东西,然后举着已经褪色的风筝或是沾满灰尘的木蜻蜓,去找倚在家门前槐树下小憩的外公,要他给我讲这东西的历史：哪儿来的，怎么用。外公时常拗不过我，不得不关了他唱戏的收音机，从昆曲悠长的意境中撤出来，戴上老花镜端详我找出来的古董玩意儿，然后用他不急不缓的声音满足我旺盛的好奇心。

外公坐在板凳上倚着树，我站在他身侧静静地听，往往不经意间抬头，就能看到火红的夕阳，把绕在架上的葡萄叶层层尽染，把我和外公的影子也斜斜地拉长。这每一日的短暂的美好时光在我记忆里慢慢沉淀，最终变得悠长难忘。

如此，一日复一日，当探索了数不清的陈年旧物，当浸染了无数个夕阳西下，我便在家中悄然度过了整个童年。虽然没有太多同龄的玩伴，但有家便足矣。因为我知道，家里藏着我童年的一切，给了我成长的力量，是我梦开始的地方。家有着无需张扬的色彩，我从这里稳步启程，迈向我的人生之路。

后来，我最喜欢拨的电话是家的号码，那一根窄窄的电话线，将离家的我和留在原地的一切连了起来，家的所见所闻便通过那根线传递过来：

今年院里的枣树结了很多枣，外公都打下来分给了左右邻里；

东面的那片树林被哪个工厂承包了，要盖大楼；

夏天我常去玩的那条河上建了一座桥……

说着说着，时间就这么快速地溜走，家也听了我在外的感受，用它一贯清朗的嗓音鼓励着我。风雨过后，眼前定是鸥翔鱼跃的水天一色；走出荆棘，前面就是铺满鲜花的康庄大道；登上山顶，脚下便是积翠绿如云的空蒙山色……我从家这里吸收前进的动力，走得虽慢却稳，因为有家在，便有永可回望的故乡，便有无需声张的厚实。

真的已经走远了，我的家。但没关系，让我走远一些，从远处好好地看看你，看我们一起度过无数次晨光与黑夜的交替，看我所有的欢喜，它们都来自你明亮而不耀眼的光辉。

向着明亮的那方

喻李齐

——

国华纪念中学高三（1）班学生。

木文悄悄地侧过头,想要掩去眼角滑过的泪滴,再回头时,也许是那天阳光太过炽烈,阳光下如一丛丛向日葵般的笑颜,又一次模糊起来,渐渐地,只留下明丽璀璨的泡沫,在幽长的梦里一颗颗散出微光,温暖着寒夜里的人心,使她不再惮于黑暗。

那个家,也只有在梦里才回得去了。她想。

1. 启程:离家

大巴轰鸣着,带着五脏六腑和车顶灰暗的铁皮一起震颤,安全带勒得有些紧,木文略带烦躁地抬手想揪马尾,却被一头刚剪的超短发刺得心里生疼。深吸几口混合着皮革和烧油、被冷气冰着的空气,心还是如棉花般软软涨涨的被陌生的情绪盈满着。她抬手擦净一小块被雾气氤氲着的车窗,母亲的身影出现在检票口旁黑压压的人群里,四周环绕着落寞的气息。隔着嘀嗒着小水珠的窗子,她仍能清晰地感受到母亲目光里的炽热和不舍。但是,终究是要远行的不是吗,母女一场,仍是要看着我的背影渐行渐远的啊，母亲。

拿到从南国飘来的高中录取通知书的那天，院子里的蝉儿鸣得正烈。母亲做了一桌子菜，坐在桌子一头，沉默地看着兴奋得忘乎所以的木文，她没有言语，但眸子里含着一切，木文知道。当初鼓励木文参加考试的是她，如今舍不得女儿孤身前往南国的也是她。木文低着头，静静地看着边角已被揉皱的通知书，鎏金大字在喜悦的红色上更是醒目。弟弟还年幼，每个月的奶粉钱和医药费不是个小数目，而县一中的学费和生活费，不是轻描淡写就过得去的，父母收入微薄，应付起来不容易，她清楚自己应该怎么做。走了也好，家人有更多的时间和精力照顾弟弟，父母过得很难，她不想让大家多操心。临行前，母亲紧紧地抱着木文，单薄的身躯在八月的烈日下冷得发战。木文眼圈发红，只得把头埋在母亲的长发里，悄悄地再多吸几口母亲的气息。冰冷而麻木的机械女声在候车大厅响起，她挣开了母亲的怀抱，推着行李箱利落转身，不敢再回头。

通向停车场的走道被八月的阳光灼得金黄，明晃晃叫人看不清远方。木文背着沉重的行囊，怀着对未来的野心与幻想，就这样离开了那个生活了十六年的家，不带走一片云彩地消失在了走廊尽头的一片阳光里。

2. 入学：思家

南国的阳光比起家乡的，多了份松脆与灼热，折射在亮白的枝门上，刺得眼睛生疼。木文合上眼，却感受不到黑暗，满眼血红，加上一点阳光的明黄，惹得太阳穴突突直跳，更是多添了几分烦躁。周遭的一切都是陌生而新鲜的，长着树种着草的大楼，外表精致的一幢幢砖红色的小洋楼，夜间操场中央如鸣鼓一般的蛙叫，雨后赛拳头大小的蜗牛……这些，都是木文在家乡未曾见过的新奇。但她的心中却时不时细细密密地被陌生的情感充盈着，每当她夜晚站上阳台，月光如潮水般从天地间涌来时，窒息的钝痛便被无限放大，这大概就是思乡了吧？开学才不到两个月，和老师同学还没混熟，大小考试倒是一个不少，不温不火的成绩把踏入校门时豪情壮志渐渐隐去了，未来的三年又该如何应对呢？木文低下头，倚在栏杆上，望着月下自己被拉长的身影，不禁微微发怔，任凉意划过脸颊。

校园里几十年的大榕树被不知从哪个隐秘角落扩散开的水汽覆盖包裹着，远边如墨般的黑暗像是滴入了清水，越来越透明，依稀似能看到隐在地平线下的太阳。木文抹了抹脸，贪婪地吸着盛夏季节里不多的寒气，静候着下一缕照亮这个世界的光。

3. 融入：新家

又是一个蝉鸣的盛夏，广东的太阳铆足了劲儿，才早晨七八点便已是烈日当空的景象。彼时的木文，皮肤已经被阳光晒成了健康的小麦色，她正挥洒着汗水在排球场上奋力厮杀着。汗水浸透了短发的发尖，随着她每一次的转身、击球、停顿，都有无数晶莹散落在红绿相间的排球场上，旋即又被四面八方涌来的热浪驱赶入干燥的大气之中，啪，一个失手，滚烫的球擦着小臂飞到了不远处的草地里。

"阿文，今天下午咱班的排球赛你还上吗？"

木文抬手擦了擦被汗水迷住的眼睛，喘着回应：

"想啊，但今晚学校带我们去听音乐会，不知道赶不赶得上。"

"哎呀，肯定能打败隔壁班，定了定了！"

木文低着头，搜索到了隐在灌木丛中的排球，黄橙蓝相间的球皮，带着阳光灼过的焦香，如这个夏日的天空般纯净而美好。

已是深夜了,音乐会才刚刚结束,滚下来的夜混着路灯的昏黄,耳中仍回放着那一曲铿锵的命运独响,木文倚着车窗,胳膊的酸痛提醒着她下午的落败,唉,要是再快一点,再狠一点,就——

"木文!"一个沉稳有力的声音从车厢中部传来,打断了她的思绪。

她抻长脖子,发现是班主任在唤她:

"今天下午的排球赛我看了,很不错啊,晚饭都没顾得吃上,饿了吧?来,这里有两个苹果,赶紧吃喽!"

她受宠若惊地接过苹果,忙不迭地道谢,心里暗流涌动。她找到一些熟悉的感觉,曾经,父亲也是用这般腔调来唤醒她的。木文轻嗅着苹果的清香,轻轻将头扭向了窗外,塑料袋随着车厢的颠簸,发出哗啦哗啦轻响,隐去了暗夜里的低声哽咽。回到学校已是凌晨,宿管阿姨仿佛一直在等她们回来,看到她们便笑着迎上来开门。"早点睡喽!"宿管阿姨目送着她上楼。而宿舍的桌子上,一桌的温暖在黑夜里无声酝酿。写着"抱歉啊,说好只打两场结果不争气打了第三场,看你没来得及吃上饭"的明信片躺在一桌子的加餐中,让木文心头一热,将卡片贴在心口,来自老师和同学们的温暖关爱,来自宿管阿姨的贴心问候,一点一滴汇聚起来,绵延成了一座爱的森林。

"我终于回家了。"她轻声低语,嘴角扬起了弧度,眼角的晶莹在一片静谧的呼吸声里,折射出细碎的光束,宛若暗夜中的阳光。

4. 别了：共同的家

木文待在广东的第三个夏天，阳光、草地、排球场，都已不再属于她。教室里的风扇吱呀吱呀地聒噪着，老师们在讲台边扯着嗓子最后一遍强调着重点，有微风从窗口打着旋儿拂来，掀起一片试卷。木文深吸一口气，深深感受着阳光的暖，青草的香和夏天少不了的蝉鸣，又是蝉鸣。明天，后天……用不了多久，他们就要离开了，像离巢的雏鸟，奔向各自的前程，便再也不回来了。抽屉里的一整盒空白同学录静静地躺在角落，等待着，等着他们写下青春的记忆。木文轻声叹了口气，把头又埋进了书堆中。

"一二三""mua……"搞怪的声音从四周传来，逗得她弯了眉，照片定格在了此刻，阳光下的他们，早已脱去了入学时的稚嫩，眼神中满是冷静和坚毅，这是一群属于阳光的少年。毕业的季节，校园里的气氛也变得特别，高一的孩子们正排练着校歌合唱，微风卷着曲调钻进她的耳朵,"春风化雨桃李天下,我得以优秀来回鉴""这是我们共同的家"。

　　站在足球场绿地的中央,凝望着远处的砖红色教学楼,六年的阳光为它们镶上了金黄色的边框,碧草蓝天,都是最饱和纯净的色彩,在明亮的底子上泛着梦幻般的美好。依稀之中,她仿佛又一次看到了排球场上的一片欢闹,听到了食堂阿姨扯着嗓子唤他们吃饭的嘹亮声调,嗅到了那个深夜红彤彤的苹果散发出来的诱人清香。

这是我们共同的家,是啊,又怎会不是?同学间如兄弟姐妹般的关怀,老师们如父母一般的教导,没有什么能在这不大的校园里体现得更真切。木文正在草地中央,心里如这偌大的天地间的空空荡荡,那种心脏细密如针刺般的疼痛又回来了,这是离家时游子才有的那般疼痛,在这艳阳天,这毕业之际,攀上了她的每一寸肌肤,潜藏进灼热的空气中。

木文悄悄侧过头去,在阴影里掩去了眼角滑过的泪,再回头时,阳光下那些如向日葵般明媚的笑颜,又一次模糊起来。

5. 尾声

无数的午夜梦回都飘满了明丽璀璨的泡沫,在幽长的梦里一颗颗散出微光,浸着那个六月的阳光的焦香。木文看到了,她看着一头利落短发的自己,离开了母亲的怀抱,转身迈向了明亮的那方。

〔全书完〕

图书在版编目(CIP)数据

世界上最好的地方 / 张维君编著. -- 北京：中国华侨出版社, 2020.4
ISBN 978-7-5113-8149-1

Ⅰ. ①世… Ⅱ. ①张… Ⅲ. ①散文集—中国—当代 Ⅳ. ①I267

中国版本图书馆CIP数据核字(2020)第006154号

世界上最好的地方

编　　著：张维君
责任编辑：刘雪涛　　　　产品经理：温雅卿
装帧设计：南　南　　　　责任印制：刘　淼

经　　销：新华书店
开　　本：840mm×1092mm　1/32
印　　张：9
字　　数：130千字
印　　刷：天津丰富彩艺印刷有限公司
版　　次：2020年4月第1版　2020年4月第1次印刷
书　　号：ISBN 978-7-5113-8149-1
定　　价：58.00元

中国华侨出版社　北京市朝阳区西坝河东里77号楼底商5号　邮编：100028
法律顾问：陈鹰律师事务所
发 行 部：(010)64013086　　　　传真：(010)64018116
网　　址：www.oveaschin.com　　E-mail: oveaschin@sina.com

版权所有，侵权必究
未经许可，不得以任何方式复制或抄袭本书部分或全部内容
图书如出现印装质量问题，请致电联系调换（021-64386496）